Mimi Steinfeld

Mein unfassbar kompliziertes Leben

(Männer nicht mitgezählt)

GOLDMANN

MIMI STEINFELD

MEIN UNFASSBAR KOMPLIZIERTES LEBEN (MÄNNER NICHT MITGEZÄHLT)

Roman

GOLDMANN

FSC
www.fsc.org
MIX
Papier | Fördert
gute Waldnutzung
FSC® C014496

Penguin Random House Verlagsgruppe FSC® N001967

1. Auflage
Originalausgabe März 2023

in der Penguin Random House Verlagsgruppe GmbH,
Neumarkter Str. 28, 81673 München
Umschlaggestaltung: UNO Werbeagentur GmbH, München
Umschlagillustration: © Veronica Collignon
Redaktion: AB
AB · Herstellung: ik
Satz: Uhl + Massopust, Aalen
Druck und Bindung: GGP Media GmbH, Pößneck
Printed in Germany
ISBN 978-3-442-49370-8

www.goldmann-verlag.de

Prolog

Mein Name ist Cressida Catterberg. Mein Therapeut Samuel Lindholm meinte, es wäre gut, alles aufzuschreiben, was mir tagsüber so durch den Kopf geht, damit ich mir selbst näherkomme. Er hat damit recht, denn mein Leben ist geradezu unfassbar kompliziert. Nicht nur, dass meine Mutter vor wenigen Wochen verstorben ist, nicht ohne meinen zwei Schwestern Eva und Anna und mir vorher mitzuteilen, dass wir von drei unterschiedlichen Vätern gezeugt wurden. Nein, sie wollte auch noch, dass ihre sterblichen Überreste im Englischen Garten in den Eisbach gestreut werden. Das ist natürlich verboten, aber da meine Mutter extrem narzisstisch veranlagt war und eigentlich immer nur an sich selbst dachte, war ihr das völlig egal. Und dann ging uns bei der Aktion auch noch die Urne mit ihrer Asche verloren. Spaziergänger haben sie später gefunden und der Polizei übergeben, und die sucht jetzt nach sachdienlichen Hinweisen. Also eigentlich sucht sie natürlich nach uns.

Als würde das noch nicht reichen, versuchen sich ständig meine drei nervigen Tanten Maggie, Bärbel und Violetta in mein Leben einzumischen. Und ich werde von einem Bestsellerautor für meine Schwester Eva gehalten, die eine erfolgreiche Lektorin in einem großen Verlagshaus ist. Lange Geschichte. Okay, hier die Kurzfassung: Ich hatte mich mal für Eva ausgegeben, als sie nicht zu einem Treffen mit dem großen Holger Schmidt kommen konnte. Da führte irgendwie eins zum anderen, und am Schluss waren wir in seinem Boxspring-Bett gelandet. Dummerweise ergab sich nie eine Gelegenheit, den Rollentausch aufzuklären, sodass Holger Schmidt immer noch glaubt, ich wäre meine Schwester. Dafür hält er Eva für meine Sekretärin.

Vielleicht wäre es nie zu alldem gekommen, wenn ich so ein schön geregeltes Leben wie meine Schwestern hätte. Habe ich leider gar nicht. Genauso wenig wie Geld. Und wenn ich mal Geld habe, gebe ich es zu schnell für Taxifahrten und meinen Hund Schröder aus. Den habe ich von meiner Mutter Eveline geerbt. Genau wie ihr Rezeptbuch und ihr Bistro, das Evvie's, das seit Jahren geschlossen ist. Das heißt bis jetzt. Ich habe mich nämlich gegen den gesammelten Widerstand meiner Tanten dazu entschlossen, es neu zu eröffnen.

Und dann wäre da noch – ach ja – Mika. Ein unwiderstehlicher Grieche und der One-Night-Stand meiner Mitbewohnerin Lucinda Beckett, der sich in mein Herz geschlichen hat. Obwohl ich doch eigentlich meinen Therapeuten Herrn Lindholm liebe. Da bin ich mir ziemlich sicher. Doch.

Wenn ich ehrlich bin:

Mika steht auf der Liste meiner Probleme ganz, ganz oben! Aber dazu später …

#nightmares #relationship

»Ich hatte heute einen schrecklichen Albtraum!«

Zugegeben, diesen Satz hatte Samuel Lindholm, mein Therapeut, schon öfter gehört. Mit diesem Satz konnte ich Lindholm schon immer sehr glücklich machen. An Albträumen hatte Lindholm seine helle Freude. Je grässlicher und detailreicher, desto besser. Was ich daraus gelernt habe, ist: Ob ich ihm von einem düsteren, maroden Haus, Zombies oder apokalyptischen Zuständen erzähle – jede einzelne Komponente war immer ich selbst. Seit Lindholm meine Träume deutete, erzählten mir andere Leute sehr ungern ihre eigenen, weil sie meine niederschmetternde Diagnose fürchteten.

Lindholm sah mich aufmerksam an. Er trug wieder eine seiner Weiß-Weiß-Kombinationen, die ich so an ihm liebte, und die Sonne, die hinter ihm durch die riesigen Fenster seiner Schwabinger Praxis schien, setzte ihm einen Heiligenschein auf. Schröder, mein alter irischer Setter, lag vor mir auf dem Fußboden und schnarchte.

»Tatsächlich«, sagte er und kritzelte etwas auf das

Blatt Papier, das er auf einer Lederunterlage auf seinen Knien balancierte. Ich wunderte mich immer, wie er, ohne den Augenkontakt abzubrechen, zusammenhängende Dinge auf dieses Blatt schreiben konnte. Vielleicht konnte er es auch nicht und arbeitete in Wahrheit heimlich seine Einkaufsliste fürs Wochenende aus. Das traute selbst ich mir blind zu.

»Der Traum handelte von mir.«

Überraschung!

»Tatsächlich!« In seiner Stimme schwang ernsthaftes Entzücken.

»Ich war in einer Beziehung.«

Mein Smartphone vibrierte in meiner Hosentasche, und ich zog es heraus. Unhöflich hin oder her. Ich hatte seit Neuestem jede Menge krasses Zeug an der Backe. Zum Beispiel meinen rumänischen Handwerker, der kein Wort von dem verstand, was ich ihm sagte, und der irgendwelche Dinge im Evvie's reparierte, von denen vorher nie die Rede gewesen war. Nicht dass Missverständnisse aufkommen. Sergiu war wirklich ein herzensguter Mann, nur mit dem Hang zu ausschweifenden Feiern und spontanen Änderungen der Auftragslage. Jedenfalls musste ich ständig erreichbar sein, damit ich aufziehende Katastrophen, was das Evvie's betraf, im Keim ersticken konnte.

Ich sah auf dem Display, dass es meine Schwester Anna war, und drückte den Anruf entschlossen weg.

»Catterberg, Sie SIND in einer Beziehung«, sagte Lindholm etwas kraftlos, schaffte es aber trotzdem, dieses »sind« so zu betonen, dass es in meinen Ohren zu klingeln begann.

Das Smartphone begann sofort wieder zu vibrieren.

Ich hob zwei Finger, um Lindholm anzudeuten, dass er mir zwei Minuten geben sollte.

»Anna, ich bin mitten in einer Therapiesitzung!«, zischte ich ins Telefon.

Lindholm kritzelte wieder etwas auf das Blatt und strich es dann durch. Was kein gutes Zeichen war.

»Mein Gott, ich verstehe nicht, wie du dir immer noch diese Therapie leisten kannst.«

Das verstand ich auch nicht. Beziehungsweise ich konnte sie mir nicht leisten.

»Mit all deinen Ausgaben für das Evvie's«, fügte Anna hinzu.

Ganz genau.

»Fass dich kurz, die Zeit läuft!« Ich atmete tief durch, damit Lindholm nicht den Eindruck bekam, ich würde gleich durchknallen. Manchmal reagierte er etwas empfindlich auf meine Familienstreitigkeiten, was nur daran lag, dass er keinerlei Erfahrung mit Familien wie meiner hatte. Man konnte mit so einer Familie nicht in sich ruhen. Es war schlichtweg unmöglich. Außer man war komplett zugedröhnt. Oder hatte eine Nahtoderfahrung hinter sich. Dann vielleicht. Ich habe gelesen, dass man nach einer Nahtoderfahrung eine tiefe Dankbarkeit gegenüber allen Dingen empfindet. Vielleicht sogar gegenüber seiner eigenen Familie. Aber selbst wenn man nicht in sich ruhte, konnte man den Eindruck erwecken, dass man es tat.

»Maggie hat in die Familiengruppe geschrieben, dass wir heute Abend bei ihr aufschlagen sollen. Warum liest du deine Nachrichten nicht?«

»Ich habe schon was vor!«

»Es ist wichtig.« Anna senkte beschwörend die Stimme. »Es geht um Mutter.«

»Ach was. Es geht immer um Mutter!«, brauste ich auf.

»Entschuldigen Sie«, sagte ich zu Lindholm, der erschrocken zusammengezuckt war.

»Anna, ich habe etwas wirklich Wichtiges vor.«

Ich hatte mich voll im Griff. Ich war total entspannt. Ich lächelte sogar.

»Nichts kann wichtiger sein als deine Familie! Maggie sagt, wir sollen um acht da sein, und sie fragt, ob du noch eine Flasche Rum oder Eierlikör besorgen kannst. Besser Eierlikör.«

»Hmm.«

»Wenn Eierlikör, dann bitte auch die Waffelbecher mit dem Schokorand.«

»Hmm.«

»Mindestens drei Packungen.«

Ich legte nachdrücklich auf und stopfte das Smartphone zurück in meine Hosentasche.

»Wollen Sie darüber reden?«, fragte Lindholm sehr sanft.

»Nicht nötig.«

»Sie können hier über alles reden.«

»Ich weiß! Aber meine Familie ist wie die zerstörerische Wucht eines Hurrikans. Wird sie immer bleiben. Egal was ich tue, aus dieser Familie wird nie eine sanfte, warme Brise. Auch wenn ich es mir noch so sehr wünschen würde.«

Ich war richtig stolz, dass mir spontan so eine gute

Metapher eingefallen war. Wenn man eines in der Therapie lernte, dann den Gebrauch von Metaphern.

»Ich meinte Ihre Beziehung.«

»Ach so.«

»Sie sagten, in Ihrem Albtraum befanden Sie sich in einer Beziehung. Und ich wies Sie darauf hin, dass Sie sich tatsächlich in einer Beziehung befinden. Nicht nur im Traum.«

Das aus Lindholms Mund zu hören, war einfach grauenhaft. Es fühlte sich an, als hätte ich ihn betrogen und er wäre mir auf die Schliche gekommen. Noch schlimmer: Er war mir auf die Schliche gekommen, und es machte ihm nichts aus. Die Tatsache, dass ich einen Freund hatte, ließ ihn vollkommen kalt.

»Es ist keine wirkliche Beziehung«, versuchte ich seine Aussage zu relativieren.

»Was ist es dann?« Lindholm beugte sich nach vorne und sah mich mit diesem intensiven Therapeutenblick an, der mich jedes Mal schwach werden lässt.

»Es ist platonischer Sex«, sagte ich. »Wir haben eine richtig gute platonische Sexbeziehung.«

»Sie kennen die Definition von platonisch?«

»Ich meinte im übertragenen Sinne«, lenkte ich ein.

»Sie meinten Sex ohne Liebe.«

Auch Lindholm hatte grausame Tage. Ich konnte das nur zu gut verstehen. Wenn ich Therapeut wäre, würde ich meinen Klienten ständig solche Theorien vor den Latz ballern. Ich wäre eine schreckliche Therapeutin. Ich wäre mit Sicherheit boshaft und unfair. Besonders wenn ich meine Tage hätte oder Migräne. Oder beides. Meine Klienten würden heulend aus der Praxis rennen, weil ich mich nicht im Griff hatte. Wer wollte denn in der Therapie schon die Wahrheit hören? Ich konnte Lindholm nur zu gut verstehen. Aber ich nahm es ihm übel, dass er seinen schwachen Moment ausgerechnet bei mir hatte.

»Das war nicht fair«, sagte ich. »Bei solchen Dingen könnten Sie etwas tiefer in die Therapeutentrickkiste greifen.«

»Ist es wahr?«

»Ist es nicht!«, brauste ich wieder auf. »Ist es natürlich nicht! Was halten Sie von mir. Mika wohnt bei mir! Sehe ich aus wie eine Bitch?«

Mika war nicht der Einzige, der bei mir wohnte. Wir verbrachten den Großteil der Nächte auf der Couch im Wohnzimmer oder in Lucinda Becketts Zimmer, wenn sie nicht da war. Meine Schwester Anna saß mir mit ihren drei Kindern immer noch auf der Pelle, seit sie vor Kurzem ihren Mann verlassen hatte. Völlig zu Recht übrigens, immerhin hatte Julius seine Yogalehrerin gevögelt. Zum Glück war wenigstens Eva inzwischen ausgezogen. Nicht zurück in ihre alte Wohnung in Friedhofsnähe, sondern in ein schickes Apartment im Glockenbachviertel. Ich hatte keine Ahnung, wie sie es geschafft hatte, diese Wohnung aufzutreiben. Aber sie war superschick, und ich gönnte sie ihr natürlich von Herzen. Solange sie dortblieb und nicht wieder bei mir im Wohnzimmer saß. Lucinda Beckett sagte, so würde es auf Dauer mit Anna und den Kindern nicht weitergehen. Das sah ich auch so. Zu viele Menschen auf kleinem Raum war noch nie eine gute Idee gewesen. Ich wartete nur darauf, dass wir alle von Annas

Kindern die Kopfläuse bekamen. Oder etwas anderes Ekliges.

»Weiß Ihr Partner davon?«

»Wovon?« Ich konnte nichts dagegen tun, dass meine Stimme etwas maulig klang.

»Dass Sie Ihre Verbindung nicht als Beziehung wahrnehmen.«

»Natürlich!«, sagte ich nachdrücklich.

Natürlich nicht. Mika war wie ein kuscheliger Hundewelpe. Also auf gewisse Weise. Rein geistig gesehen. Körperlich natürlich nicht. Körperlich war er der Knaller. Manchmal musste ich, wenn ich ihn ansah, an dieses Wolfsrudel in *Twighlight* denken. Typen, die sich ständig herumschubsten, balgten und vermöbelten, nicht weiter als bis zum nächsten Morgen dachten, aber bombe aussahen. Ja, er war mein Jacob. Dass er bei seinem aktuellen Kellnerjob meistens ohne Hemd unterwegs war, war ein echter Bonus.

Und Lindholm? Lindholm musste mein Edward sein. Allein wie er in der Sonne funkelte. Ich legte den Kopf schief und sah ihn intensiv an. Natürlich war er mein Edward. Unnahbar. Geheimnisvoll. Auf grausame Weise sexy.

»Und wie empfindet er die Situation?«, riss mich Lindholm aus meinen Gedanken.

»Es ist alles okay zwischen uns.«

»Das glaube ich Ihnen nicht.«

»Sie wollen mir nur nicht glauben«, versetzte ich.

»Ich würde Ihnen nur allzu gerne glauben, aber ich kenne Sie zu gut.«

Ich grinste zufrieden. Er kannte mich wirklich.

Wahrscheinlich war Lindholm der einzige Mensch auf Erden, der mich verstand. Ich fragte mich nur, wann ihm unsere unglaubliche Verbindung endlich bewusst werden würde.

»Ihr neuer Freund schwebt in vollkommener Unwissenheit.«

Ich seufzte und sah demonstrativ auf meine Armbanduhr.

»Die Stunde ist um«, erinnerte ich ihn.

»Das ist keine gute Basis, Catterfeld.«

»Ich finde auch, Sie könnten etwas überziehen, dann wäre ich während der Sitzung nicht so gestresst. Manchmal bin ich so gestresst, dass mir wichtige Dinge spontan entfallen …«, sagte ich.

»Davon spreche ich nicht. Ich spreche von der Basis Ihrer Beziehung.«

Ich warf einen schnellen Blick auf das Display meines Smartphones.

»Wir sind schon mehr als dreißig Sekunden drüber, bald sind es vierzig.«

»Sie verfallen in alte Verhaltensmuster.«

»Ihnen wird jede Menge Kohle durch die Lappen gehen, wenn wir an dieser Stelle weitermachen.«

Lindholm überzog nie. Dazu war er nämlich zu geizig. Ein Wesenszug, den ich an ihm tatsächlich nicht sonderlich schätzte. Ich stand auf und stupste Schröder vorsichtig mit dem Fuß an. Er gähnte ausgiebig, schüttelte sich und machte beim Aufstehen einen Katzenbuckel.

»Denken Sie an das, was Sie sich in den letzten Jahren erarbeitet haben.« Lindholm lehnte sich in seinem

Stuhl zurück und legte das Blatt samt Lederunterlage zur Seite.

»An nichts anderes«, versicherte ich. »Ich denke an nichts anderes!«

#nomatch

Ich nahm meine Beine in die Hand und sprintete zurück zum Evvie's. Seit mein Geld nicht nur für Lindholm draufging, sondern auch für die Renovierung des Evvie's, konnte ich mir beim besten Willen kein Taxi mehr leisten. Es war einfach unmöglich. Sobald ich etwas Geld in der Hand hatte, war es schon wieder weg. Der Leidtragende war natürlich Schröder. Über kurz oder lang würde ich mir für ihn eines dieser Lastenfahrräder anschaffen müssen. Die mit Elektromotor. Ich sah es schon genau vor mir. Ich würde mit Schröder durch München gondeln mit einer riesigen Evvie's-Werbung auf dem Rad. Die Leute würden mir die Bude einrennen. Die Leute standen auf Rad fahrende Hunde. Aber bis dahin mussten Schröder und ich noch etwas zu Fuß gehen.

Ich bog in die Fallmerayerstraße ein und sah schon von Weitem Herrn Wischnewski mit meinem rumänischen Helfer Sergiu auf der Straße stehen und Bier trinken. Herr Wischnewski wohnt gegenüber vom Evvie's und hatte sogar mal was mit meiner Mutter. Uns Kindern hatte er immer Brauner Bär und Flutschfinger mit abgelaufenem Haltbarkeitsdatum aus seiner Kühltruhe im Keller verkauft. Ich mag Wischnewski. Wirklich. Aber dass er jetzt meinen Bauarbeiter von der Arbeit abhielt, war suboptimal. Mann. So konnte ja nichts weitergehen. Ich winkte den beiden zu, zog Schröder die Stufen zu meinem kleinen Bistro hoch und drückte die Tür auf.

»Hey, Babe.« Mika saß auf einem der Barhocker und rührte in einem Instantkaffee.

Die Siebträgermaschine, die ich bei eBay ersteigert hatte, lief noch nicht. Ein einziges Elend.

»Hey.« Ich schob meinen Hintern neben ihn auf den zweiten Barhocker. Wie konnte ein Typ so einen Bizeps haben. Und wie konnte eine kultivierte Frau wie ich so auf primitivste Schlüsselreize abfahren. Ich hatte die vage Befürchtung, dass es mit dem Feminismus nicht weit her war, solange man sein Sexleben nicht im Griff hatte.

»Wir haben keine Toilette mehr«, informierte Mika mich. »Da, wo die alte war, ist jetzt ein Loch.«

Ich zog nur eine Augenbraue nach oben.

»Die alte ist raus, und die neue ist geklaut worden.«

»Wie geklaut?« Ich war ehrlich entsetzt. »Wer klaut eine Kloschüssel?«

»Was weiß ich. Jedenfalls ist sie weg. Wischnewski und Sergiu hatten sie kurz draußen abgestellt, und dann war sie weg.«

Ich vergrub meinen Kopf in den Armen.

»Soll ich dich aufheitern?« Mika zog mich an sich, und ich presste meinen Kopf an seine Brust.

»Es läuft scheiße!«, sagte ich dumpf.

Es lief scheiße. Sogar mein Klo wurde geklaut. Wenn das kein Scheißpech war.

»Unsinn. Es ist nur ein Klo. Wir sind fast fertig. In zwei Wochen können wir eröffnen, und alles wird gut.«

»Versprichst du mir das?« Ich hob den Kopf, und statt mir zu antworten, küsste er mich.

»Ich habe eine Superidee«, sagte er und ließ seine Hände meinen Rücken hinab bis zu meinem Hosenbund wandern.

»Denk nicht mal dran!«

»Zwei Fliegen mit einer Klappe. Es würde dich und mich aufheitern!«

»Hmm«, sagte ich etwas unbestimmt.

»Man darf sich von solchen Dingen nicht unterkriegen lassen und sollte sofort etwas Positives tun, um Negatives zu neutralisieren.«

Das hörte sich total logisch an.

»Dann kommt man wieder in einen positiven Flow …« Er küsste meinen Hals und schob mein T-Shirt hoch. »… und zieht damit wiederum Positives an. Es fliegt auf einen zu. Energetisch gesehen.«

»Weil man Sex hat?«, fragte ich vorsichtshalber nach.

»Du hast es erfasst. Es ist ein positiver Kreislauf.«.

Ich konnte sehen, wie begeistert Mika von seiner Theorie war.

»Wie fällt dir nur immer solches Zeug ein?«, wollte ich wissen.

»Habe ich bei den Maori gelernt. Als ich Neuseeland mit dem Rad durchquert habe.«

»Du hast Neuseeland mit dem Rad durchquert? Allein?«

Ich war ehrlich beeindruckt. Mika nickte.

»Mit einem normalen Rad? Kein E-Bike?«

Ich bekam sofort ein schlechtes Gewissen. Wie lange nahm ich mir schon vor, etwas für meine Fitness zu tun. Stattdessen überlegte ich, ein E-Lastenrad zu kaufen. Das war wirklich bodenlos. Ich sollte joggen, statt an ein E-Bike zu denken oder mit dem Taxi zu fahren. Aber ich kam irgendwie nicht dazu.

»Kein E-Bike«, bestätigte Mika ernsthaft, während er weiter meinen Hals küsste. Was sich zugegeben fantastisch anfühlte, »Ist mir dann geklaut worden. Das Rad.«

»Wann?«, fragte ich misstrauisch.

»Ungefähr nach ...« Er unterbrach kurz das Küssen, um nachzudenken. »... ungefähr nach drei Tagen. Shit happens.«

»Und dann?«

»Habe ich mir ein Auto gekauft.«

Ich atmete tief durch.

»Sollen wir die Tür absperren, damit Wischnewski nicht plötzlich ...«

Die Tür wurde aufgerissen, und Herr Wischnewski polterte herein. Zu spät.

»Störe ich?«, brüllte er gut gelaunt.

Seit ich das Evvie's auf Vordermann brachte, war Herr Wischnewski ständig gut gelaunt. Meistens hing er bei mir herum, wenn ich da war, kraulte Schröder und gab mir gute Tipps, was das Finanzamt und das Gesundheitsamt betrafen. Er riet mir zum Beispiel dringend davon ab, Gerichte mit Hackfleisch anzubieten. Damit habe er ganz schlechte Erfahrungen gemacht.

Ich liebte ihn, wenn er auch manchmal etwas nervte und ich auf einen Tinnitus zusteuerte, weil er es einfach nicht schaffte, in Zimmerlautstärke zu sprechen.

»Sie stören überhaupt nicht«, Mika zog seine Hände eilig zurück und versteckte sie hinter seinem Rücken. Ich musste grinsen.

»Ihr jungen Leute! Eine wahre Freude! Wenn ich noch einmal so jung und verliebt sein könnte!«

»Sie sind doch noch jung«, beruhigte ich ihn. Obwohl es natürlich nicht stimmte.

»Ja. Ich habe mich ganz gut gehalten«, gab er zu. »Aber mit dem Verliebtsein will es nicht klappen. Seit deine Mutter nicht mehr ist, gibt es keine tollen Frauen mehr im Viertel.«

»Ach was!«, grinste Mika. »Es gibt bestimmt noch welche. Sie müssen nur die Augen offen halten.«

»Na ja, man hat da schon so seine Vorstellungen«, sagte Wischnewski vage und legte sein Gesicht in Falten. »Man nimmt ja auch nicht jede. Wenn man schon einmal so ein Prachtweib hatte, ist man verwöhnt.«

Ich klopfte ihm ein paar Mal hart auf den Rücken, weil ich kurz Angst hatte, er würde anfangen zu heulen. Es machte mich richtig fertig, wenn Herr Wischnewski heulte. Er war der Fels in der Brandung meiner Kindheit gewesen. Ich hatte sein vergammeltes Eis überlebt. Wenn man so etwas miteinander durchmachte, hatte man eine ganz eigene Verbindung. Und jedes Mal, wenn unser Gespräch auf meine Mutter kam, kämpfte er mit den Tränen.

»Vielleicht sollten Sie sich bei Tinder anmelden«, sagte ich aufmunternd.

»Cressi, was hältst du von mir!«, brüllte er so laut, dass ich einknickte und meine Ohren zu klingeln begannen. »Denkst du, ich lebe hinterm Mond? Ich weiß, dass man mit der Zeit gehen muss! Ich bin seit Monaten bei Tinder angemeldet! Aber keine will mich!«

Das war furchtbar. Wenn ich daran dachte, wurde mir ganz übel. Die Vorstellung, bei Tinder kein einziges Match zu machen, beklemmte mich. Das würde mich mit Sicherheit in eine Depression stürzen. Nicht einmal Lindholm wäre in der Lage, so einen Schlag abzufedern. Wobei ich natürlich seit der Sache mit Mika nicht mehr auf Tinder unterwegs war. Natürlich nicht.

»Oh«, machte ich.

»Kein einziges Match!«

»Darf ich vielleicht mal Ihre Bilder sehen?«, fragte ich vorsichtig.

»Natürlich, Mädchen! Ist ja kein Geheimnis. Sind auch alle anständig. Nichts Nackiges oder solcher Schweinkram.«

Das beruhigte mich ungemein. Nichts lag mir ferner, als Wischnewski unten ohne sehen zu wollen.

Wischnewski kramte sein Smartphone aus seiner Hosentasche und tippte eine Weile darauf herum. Dann reichte er es mir wortlos. Mika rutschte neben mir unbehaglich mit seinem Hintern auf dem Barhocker herum.

»Ich würde eher versuchen, in Kneipen Frauen aufzureißen«, versuchte er zu helfen.

War ja klar. Der Tipp konnte nur von Mika kommen. Mr Barkeeper.

»Kneipen«, brummelte Wischnewski, »fehlt nur

noch, dass ich in die Disco gehen soll! Aus dem Alter bin ich raus. Wenn ich in die Kneipe gehe, will ich Bier trinken und meine Ruhe haben.«

»Das ist die falsche Einstellung«, sagte ich streng.

Ich wischte mich durch die Bilder. Jedes einzelne war von schräg unten aufgenommen und betonte Wischnewskis gewaltiges Doppelkinn. Auf jedem trug er diesen schrecklichen Pullunder mit Karomuster. Nicht dass diese Dinger nicht wieder im Trend wären. Aber sie standen einfach nicht jedem. Nur Influencer Mitte zwanzig konnten so hässliches Zeug tragen. Auf manchen von Wischnewskis Bildern konnte man außerdem Teile seiner schrecklichen Einrichtung erkennen. Das half bestimmt auch nicht. Ich hatte den Eindruck, dass Frauen in den wenigsten Fällen auf abgewetzte Cordsofas aus den frühen Achtzigerjahren standen. Und auf weiß geflieste Badezimmer. Das konnte den Eindruck erwecken, dass man es mit einem Psychokiller zu tun hatte. Kurz: Ich würde Wischnewski auch nicht matchen. Nicht einmal, wenn ich zweiundsiebzig wäre.

»Sie brauchen andere Bilder«, sagte ich und gab ihm sein Telefon zurück.

»Was stimmt denn mit meinen Bildern nicht?«, wollte er wissen.

»Nur so ein Gefühl«, sagte ich vage.

Eine Weile starrte Wischnewski wortlos auf sein Smartphone, dann steckte er es sich in den Hosenbund.

»So Abende können ganz schön lang werden«, sagte er betrübt, »und fernsehen kannst du auch nicht immer.«

Mika und ich warfen uns einen betretenen Blick zu.

»Aber jetzt etwas anderes, Mädchen! Die Sache mit diesem Klo! Das kann ja wohl nicht angehen!«

Meine Rede.

»Kommt da so ein Hallodri und nimmt dein Klo mit! Ich habe gedacht, ich höre nicht recht!«

Ich seufzte und ging hinter den Tresen, um mir einen Instantkaffee zu machen. Besser als nichts. Ich brauchte dringend Koffein, das mich in Schwung brachte. Dann würde mir auch einfallen, wo ich ein neues Klo auftreiben könnte. Auf meinem Konto sah es zappenduster aus. Wenn Phil nicht mit einem Auftrag um die Ecke kam, würde ich die Renovierung des Evvie's stoppen müssen. Phil ist ein Make-up-Artist, der mich gelegentlich als Stylistin für Modeshootings buchte. Aktuell meine einzige Einkommensquelle, und die sprudelte nicht gerade üppig.

»Wenn ich die erwische!«, polterte Wischnewski. »Ich habe noch so eine alte Wildkamera im Keller. Die hänge ich auf!«

»Das ist verboten«, merkte Mika an. »Da können Sie richtig Ärger bekommen.«

»Verboten! Verboten! Klos klauen ist auch verboten!«, fuhr Wischnewski Mika an. »Die Kleine arbeitet sich krumm und bucklig und dann so was! Ich hänge die Kamera bei mir in den Kelleraufgang. Da erwische ich genau das Evvie's. Wäre doch gelacht! Wenn noch mal so ein Halunke auftaucht, schnappen wir ihn.«

»Wozu brauchen Sie eine Wildkamera?«, wollte ich von Wischnewski wissen.

»Ach«, sagte er vage, »manchmal interessiert einen, was so vorgeht in der Nachbarschaft.«

»Aha.«

Wischnewski winkte nur ab.

»Und wegen dem Klo. Da hätte ich noch eines aus der Wohnung obendrüber. Ist zwar rosa, aber noch eins a in Schuss. Was hältst du davon, Cressi?«

»Das wäre prima«, sagte ich kraftlos.

»Das haue ich dir mit meinem Kumpel da draußen heute Nachmittag vor das Loch. Ist ja kein Zustand hier.«

»Ach, Wischnewski!«, sagte ich und drückte ihm über den Tresen hinweg einen Kuss auf die stopplige Wange. »Was sollte ich nur ohne Sie anfangen?«

#aunts
#sisters
#problems

Auf dem Weg zu Tante Maggie machte ich an einem kleinen Edeka halt und haute meine letzte Kohle für eine Flasche Eierlikör und drei Packungen Waffelbecher auf den Kopf. Für mehr Waffelbecher reichte das Geld nicht. Ich hatte große Lust, mich mit dem Eierlikör auf die nächste Parkbank zu setzen und den Termin bei Tante Maggie einfach sausen zu lassen. Ich stellte mir vor, wie ich mir die ganze Flasche Eierlikör in Waffelbechern hinter die Binde kippte, bis ich auf der Parkbank in einen seligen Schlaf fiel. Eine äußerst verlockende Vorstellung. Oder ich würde betrunken Lindholm anrufen und ihm mein Leid klagen.

Was führte meine Familie wieder im Schilde? Die Andeutung, dass dieses Treffen mit Mutter zu tun hatte, fand ich nicht gerade beruhigend. Als ich mit Schröder im Schlepptau in Maggies Straße einbog, überholte mich ein nigelnagelneues rosarotes E-Lastenrad in flottem Tempo. Es war eine Augenweide, sah aus wie ein Himbeerbonbon auf Rädern. Es war genauso ein schickes Teil, wie es die Hipster in München fuhren, seit es in war, auf die Umwelt zu achten. Ich will nicht böse klingen, aber meiner Meinung nach haben sich die meisten diese Dinger nicht wegen des Klimawandels zugelegt, sondern weil sie echt was fürs Auge sind.

Ich fluchte und zeigte dem Himbeerbonbon innerlich den Mittelfinger.

Die Radfahrerin hielt und hüpfte vom Sattel. Als sie ihren Helm abnahm, aus dem sehr viel sehr dunkles und sehr lockiges Haar quoll, erkannte ich Anna. Vorne drin saß ihre Tochter Suki. Sie war in ihre Kuscheldecke gehüllt eingeschlafen.

»Was ist das, und wo hast du es her?«, sagte ich vorwurfsvoll und deutete auf das Rad.

»Oh, das?« Anna wand sich. »Nichts Besonderes. Hast du an den Eierlikör gedacht?«

Ich hielt wortlos die Flasche in die Höhe.

»Du hast den zweiten Teil meiner Frage nicht beantwortet«, sagte ich nach einer kurzen unangenehmen Pause.

»Es ist von Julius«, gestand Anna.

»Warum, zum Teufel, schenkt dir Julius ein Lastenrad?«, fuhr ich sie an.

Ja, warum tat er das? Andere Männer schenkten ihrer Frau Rosen, wenn sie ein schlechtes Gewissen hatten. Oder Schmuck. Oft sehr hässlichen Schmuck. Meist war es eine Qual, Schmuck von Männern geschenkt zu bekommen. Entweder nahmen sie ihre Mutter mit zum Shoppen, und die steckte all ihre Missgunst in die

Auswahl eines hässlichen Rings, oder sie verließen sich auf die Meinung einer völlig vertrockneten Verkäuferin, die von Romantik keine Ahnung hatte. Was hatte ich schon grauenhaften Schmuck von irgendwelchen Männern bekommen!

»Er hat ein schlechtes Gewissen.«

Klar. Julius hatte ein verdammt schlechtes Gewissen. Aber musste es ausgerechnet ein Lastenrad sein?

»Das kann er auch haben, der Blödmann!«

»Cressi!«, versuchte Anna mich zu beruhigen.

»Der Typ hat dich mit seiner Yogatante betrogen und mit drei Kindern sitzen lassen. Da hilft auch kein Lastenrad«, bemerkte ich. »Ein Tesla wäre angemessen, um den Mist auszugleichen, den du aushalten musstest.«

Ich schielte auf das Lastenrad. Mann, würde sich da der Evvie's-Schriftzug gut drauf machen. Es war zum Heulen.

»Er bemüht sich«, sagte Anna. »Sehr.«

Sie schob ihren Hintern wieder auf den Sattel und radelte langsam neben mir her.

»Was soll das heißen?«, fragte ich alarmiert.

»Er will alles wiedergutmachen. Sagt er. Er ist wirklich total am Boden. Ein Häuflein Elend. Ehrlich, Cressi, das musst du mir glauben. Seit er von seiner Yogatante wieder verlassen wurde, hat er Darmprobleme. Er hat ständig Durchfall!«

»Zu viel Information, Anna«, ich hob die Hände, »eindeutig zu viel Information!«

»Und muss sich ständig erbrechen. Sein Arzt meint, es wäre psychisch.«

»Weil er sich selbst zum Kotzen findet?«, wollte ich wissen.

»Weil er das, was das Leben ihm bietet, nicht mehr schlucken will.«

Diese Ärzte hatten aber auch einen an der Klatsche. Ich war ja daran gewöhnt, dass mir Lindholm solche Sachen erzählte. Aber anscheinend kamen nun selbst Praktische Ärzte mit diesem abgefahrenen Psychokram.

»Julius ernährt sich seit unserer Trennung ausschließlich von Suppen. Etwas anderes kann er nicht bei sich behalten.«

Ich hielt das für eine glatte Lüge.

»Igitt, Anna, du hörst dir diesen Unsinn doch nicht an, oder?«

»Er kann doch mit niemandem sonst reden.«

»Das hat er verdient! Er hat sich dir gegenüber benommen wie ein Arschloch!«

Anna sagte nichts, sondern starrte nur vor sich auf die Straße.

»Was ist? Habe ich was Falsches gesagt?«

»Ich denke nur, dass die Kinder einen Vater brauchen.« Anna sah mich immer noch nicht an.

»Das sagst du nur, weil du selbst gerne einen hättest. Du solltest deine Gefühle nicht auf deine Kinder projizieren!«

»Es ist nicht schön, keinen Vater zu haben!«, sagte Anna und trat verbissen in die Pedale.

»Es ist besser, als einen Scheißvater zu haben!«

»Julius ist besser als nichts.«

Diese Aussage war wirklich zutiefst deprimierend.

»Du denkst doch nicht ernsthaft darüber nach, ihn wieder zurückzunehmen?«

Ich riss mich ganz hart am Riemen, um sie nicht anzuschreien. Es wäre keine gute Idee, mit einer heulenden Anna bei Tante Maggie aufzutauchen. Und wenn Anna erst einmal heulte, fand sie oft kein Ende.

»Nein, nein! Natürlich nicht!«

Auch das hielt ich für eine glatte Lüge.

»Denk an die Yogatante. Er hat die Yogatante gevögelt«, sagte ich beschwörend.

»Ich weiß!«

Ich sah Anna zu, wie sie das Lastenrad mit einem Monsterschloss vor Tante Maggies Haus an einer Laterne festmachte. Gott, war ich neidisch auf dieses Ding. Ich fragte mich, ob dieses Schloss wohl auch von Laien zu knacken wäre. Es sah allerdings aus, als könnte es selbst den Angriff von Alienmutanten schadlos überstehen.

»Nicht nur einmal!«

»Ich weiß!«

»Wahrscheinlich hundert Mal. In allen möglichen Stellungen. Denk darüber mal in Ruhe nach. Es gibt bestimmt Yogaratgeber, in denen man sämtliche Asanas nachschlagen kann. Und dann stellst du dir die beiden in diesen Stellungen beim Vögeln vor. Wenn du willst, besorge ich dir das passende Buch in der Bücherei.«

Ich wusste, dass ich jetzt dringend Schluss machen musste, sonst würde Anna in Tränen aufgelöst oben bei Maggie ankommen. Aber irgendwie hatte ich mich gerade unglaublich warmgelaufen.

»So etwas kannst du nur sagen, weil du keine Kinder hast!«

Das war wohl wahr.

Evas Mini rangierte neben uns in eine Parklücke. Seit Neuestem ließ sie ihr Haar wieder wachsen. Karlie Kloss war out, und jetzt kam der Undone Bun. Was bei ihrem blonden Schwedenhaar ziemlich gut aussah. Sie trug keine Kostümchen mehr, sondern diesen seltsamen Look, bei dem Frauen riesige gestreifte sauteure Blusenkleider zu Boots kombinierten. Ich hatte das Gefühl, dass man sich mit diesem Look als Frau outete, die rasant auf die vierzig zuging und ein ernsthaftes Problem damit hatte. Oder als Frau über fünfzig, die aussehen wollte wie eine Frau, die rasant auf die vierzig zuging, und ein Problem damit hatte. Ein bisschen sah sie mit ihrer Bluse aus, als wäre in ihrem Mini der Airbag unvermittelt aufgegangen. Ihr Smartphone hatte sie während des Fahrens zwischen Ohr und Schulte geklemmt. Sie ließ den Motor laufen und schien noch mit jemandem zu telefonieren. Dann warf sie das Telefon in ihre Handtasche.

»Ihr seht aus, als würdet ihr streiten«, bemerkte sie scharfsinnig, als sie aus dem Wagen stieg.

»Wie kommst du denn darauf«, erwiderte ich beherrscht und verdrehte die Augen. »Wir streiten doch nie!«

»Dann ist ja gut. Ich habe für so etwas im Moment nämlich überhaupt keinen Kopf. Mein neuer Job ist der Horror. Die Programmchefin ist der absolute Killer.«

»Warst du nicht bis jetzt die Programmchefin?«, stichelte ich, und meine Schwestern warfen mir gleichzeitig einen bösen Blick zu.

»Sei du bloß still. Du hast mir die Sache erst eingebrockt.«

Eva meinte meine Nacht mit Holger Schmidt, wegen der sie den Verlag gewechselt hatte. Ich verkniff mir einen Kommentar, weil ich dazu länger hätte ausholen müssen.

»Kannst du bitte Suki die Treppen hochtragen? Ich darf momentan nicht so schwer heben«, sagte Anna und warf mir Suki über die Schulter. Ich ging in die Knie.

»Warum das denn?«, wollte ich wissen.

Na ja, das Kind wog mittlerweile mindestens fünfzehn Kilo. Die Frage erübrigte sich eigentlich. Es konnte nicht gesund sein, so große Kinder die Treppen hinaufzuschleppen.

»Hab's im Rücken«, erklärte Anna knapp und nahm mir Schröders Leine aus der Hand.

Wir drückten die Haustüre auf und stiegen die drei Stockwerke zu Tante Maggies Wohnung hoch. Schon im Treppenaufgang roch es nach Maggies Räucherwerk. Langsam nahm dieses Räuchern unangenehme Ausmaße an. Die Türe zu Maggies Wohnung war nur angelehnt, und Maggies Kater Peace streckte den Kopf heraus. Er fauchte, als er Schröder sah, und schoss davon. Schröder bekam davon nichts mit. Wahrscheinlich war er bald völlig blind und taub. Und so dement wie Pfarrer Drews, der die Beerdigung meiner Mutter geleitet und mit einem fröhlichen »los geht's« eröffnet hatte. Tante Bärbel hatte ihm unbedingt eine Freude machen wollen und ihn angeheuert, obwohl er schon längst im Ruhestand war.

»Da seid ihr ja endlich!« Maggie riss die Türe ganz auf und mir die Flasche Eierlikör aus der Hand. »Du hast doch wohl nicht den billigsten genommen. Da sind Eier aus Batteriehaltung drin. Das ist dir schon klar, Cressi, oder? Das ist Tierquälerei!«

Ich kniff die Augen zusammen und antwortete nicht, sondern drückte mich an ihr vorbei ins Wohnzimmer und legte Suki ziemlich unsanft zwischen Tante Violetta und Bärbel auf der Hippiecouch ab. Ich hatte die beiden seit der Beerdigung nicht mehr gesehen. Was eine Wohltat gewesen war.

»Hast du den Eierlikör dabei?«, fragte Tante Bärbel als Erstes.

»Natürlich. Den bösen mit den Eiern aus Batteriehaltung«, sagte ich, worauf mir alle drei Tanten einen vernichtenden Blick zuwarfen.

Meine Meinung war, wer Eierlikör trank, war per se schon ein schlechter Mensch. Der musste sich über die Haltungsform der Hühner auch keine Sorgen mehr machen. Seit die Betreiberin des Chinaimbisses bei mir um die Ecke die Ente aus dem Programm genommen hatte, lebte ich praktisch vegan. Dabei hatte ich mich zeitweise fast ausschließlich von ihrer mit Glutamat getränkten Glücksente ernährt und Schröder gleich mit. Es half, dass die Chinesin anschreiben ließ. Aber dann war die Ente vom Menü verschwunden, und ich musste mich notgedrungen umorientieren. Allerdings vermied ich es, diese Tatsache irgendwem auf die Nase zu binden. Veganer haben ja so einen verdammt schlechten Ruf. Niemand will mit einem Veganer ausgehen, weil dann Themen wie die Vorzüge von Tofubratlingen vorprogrammiert sind, und der Spaß ist weg. Deswegen hatte ich beschlossen, als verdeckter Veganer zu agieren. Und bei Eierlikör eine Ausnahme zu machen. Statt mich mit Fleisch und Milchprodukten zuzuballern, zerschoss ich mir aber wahrscheinlich jegliche Geschmacksnerven mit dem ganzen Glutamat, das die alte Chinesin ihrem Essen zusetzte. Ich nahm mir vor, den Imbiss zu boykottieren, sobald das Evvie's lief und ich ständig irgendwelchen gesunden Kram auf der eigenen Speisekarte hatte.

»Na, es wurde aber auch wirklich wieder einmal Zeit für ein Familientreffen.« Maggie rauschte ins Wohnzimmer und knallte die Flasche auf den Tisch. »Setzt euch, meine Lieben! Wie schön, euch hier zu haben.«

Hmm.

Sie raffte ihren Kaftan zusammen und plumpste auf eines der vielen Sitzkissen. Wir Mädels setzten uns nebeneinander, ich holte die Waffelbecherpackungen aus meiner Umhängetasche und legte sie auf den Couchtisch.

»Cressi, nächstes Mal gehst du für den Eierlikör in den Bioladen.« Violetta hob streng den Zeigefinger.

»Klar, Tante Violetta.«

Sie riss die Packung mit den Waffelbechern auf und verteilte sie. Bärbel schenkte den Likör ein.

»Auf Eveline!« Tante Maggie hob ihren Becher, und wir prosteten uns zu. »Und da sind wir auch schon beim Thema.«

Der Eierlikör schmeckte fantastisch, Batteriehaltung

hin oder her. Wahrscheinlich war ich innerlich ein rabenschwarz schlechter Mensch. Tante Maggie knallte den Zeitungsartikel über Mutters Urne auf den Tisch zwischen uns.

»Was soll das denn«, wollte Eva genervt wissen. »Wir kennen den Artikel doch alle.«

Auswendig. Ich bewahrte ihn in Mutters Rezeptbuch auf. Als Erinnerung. Es war ein Bericht aus der Rubrik »Kurz notiert« über eine Urne, die *»drei junge Frauen nachts in der Nähe des Eisbachs entsorgt haben. Ein Polizeibeamter stellte die Frauen. Sie entzogen sich der Personenkontrolle durch einen Sprung ins Wasser. Die Urne wurde von Spaziergängern im Uferbereich gefunden. Um sachdienliche Hinweise wird gebeten.«*

Ich hatte mir vorgenommen, den Artikel zu rahmen und über die Theke des Evvie's zu hängen, sobald etwas Gras über die Sache gewachsen war. Jetzt war mir das Ganze noch zu heiß. Aber ich konnte mir vorstellen, dass Mutter den Artikel gemocht hätte. Bämm! Das war doch ein starker letzter Auftritt. Asche verstreuen kann schließlich jeder.

»Pack den Artikel weg«, Anna hatte schon wieder Tränen in den Augen. »Sobald ich daran denke, bekomme ich ein schlechtes Gewissen! Wie konnten wir nur so etwas Schreckliches tun!«

Sie warf einen schnellen Blick zu Suki, doch die schlief immer noch selig.

»Wir haben nichts Schlimmes getan«, wollte ich sie beruhigen.

»Wir haben Mutters sterbliche Überreste verloren!«

Ich wusste, sie würde heute noch heulen.

»Wir haben sie nicht verloren, wir haben sie in den Eisbach geworfen«, stellte ich die Sache richtig, »auf ihren Wunsch hin.«

»Das ist nur die halbe Wahrheit!«

»Mädels!« Violetta legte ihre ganze Lehrerattitude in ihre Stimme, um uns zur Ordnung zu rufen.

Ich hätte mir am liebsten die Ohren zugehalten und laut vor mich hin gesummt. Ich konnte mir schon vorstellen, was jetzt kam. Die Urne. Mutter. Der Eisbach. Und so weiter. Stattdessen griff ich mir noch einen Waffelbecher und schenkte mir nach.

»Willst du auch noch einen?«, fragte ich Anna leise. Die schüttelte nur den Kopf.

»Jetzt machst du mich schwach«, flüsterte ich. »Was jetzt kommt, kann man nur alkoholisiert ertragen. Oder man hat eine unglaubliche mentale Größe. Sag nicht, du hast Zweiteres.«

»Die Mission ist noch nicht erledigt«, sagte Tante Maggie, und Violetta und Bärbel nickten dazu. »Wir müssen Eveline samt der Urne zurückholen.«

»Was für ein Unsinn!« Jetzt wurde ich langsam wirklich sauer. »Du willst doch nicht behaupten, dass Mutters Asche nach dem Tauchgang im Eisbach noch immer in der Urne ist.«

Diesmal nickten Anna und Eva.

»Wir können uns nicht sicher sein. Stellt euch vor: Eveline samt Urne in der Asservatenkammer.«

Wir schwiegen einen Moment. Keine schöne Vorstellung. Aber man konnte solche Bilder auch wieder verdrängen. Ich hatte große Erfahrung im Verdrängen von Dingen. Das ist für mich überhaupt kein Problem.

»Kinder, das können wir eurer Mutter nicht antun«, sagte Tante Bärbel. »Ihr letzter Wunsch muss respektiert werden.«

Das sagte die Frau, die Mutters Brautjungfernkleid in die Altkleidersammlung gegeben hatte, als sie einmal wütend auf sie gewesen war.

»Ihr müsst bedenken, wie energetisch schlecht es ist, als nasser Klumpen in einer Urne gefangen zu sein.« Das kam natürlich von Tante Maggie. »Beim Meditieren habe ich plötzlich ganz deutlich gespürt, dass Eveline noch immer nicht ganz frei ist. Das kann nur daran liegen, dass sie sich noch in der Urne befindet.«

Ich musste gerade an etwas ganz anderes denken. Es war mir in eben diesem Moment eingeschossen.

»Wann hat dir Julius das Lastenrad geschenkt?«, fragte ich Anna im Flüsterton.

»Ist doch jetzt egal!«, wich sie aus.

»Ich meine, wo trefft ihr euch? Ich dachte, ihr habt keinen Kontakt.«

Mir schwante Ungeheuerliches. Anna wohnte seit mittlerweile sechs Wochen bei mir. Wahrscheinlich ging Julius in meiner Wohnung ein und aus, während ich das Evvie's renovierte und nichts davon mitbekam.

»Ab und zu schaut er wegen der Kinder vorbei«, flüsterte Anna zurück. »Jetzt reg dich nicht auf.«

»Ich rege mich nicht auf«, sagte ich böse, »mir knallen gleich alle Sicherungen durch. Ich will diesen Schwachkopf nicht in meiner Wohnung haben!«

»Mädels!«, rief uns Violetta wieder zur Ruhe. »Klärt eure Streitigkeiten ein andermal.«

»Jedenfalls habe ich ganz deutlich Evelines Hilferuf vernommen«, machte Tante Maggie weiter.

»Bullshit!«, warf ich ein.

»Cressi, nicht in diesem Ton. Schließlich geht es um deine Mutter!«, sagte Tante Bärbel.

Eva tippte schon wieder auf ihrem Smartphone herum. Ich bezweifelte, dass sie irgendetwas mitbekam.

»Mutter ist irgendwo im Nirwana. Sie sendet keine Hilferufe.« Ich rempelte Eva an, damit sie sich am Gespräch beteiligte.

»Wie bitte?«

»Ich sagte, Mutter sendet keine Hilferufe«, brachte ich sie auf den neuesten Stand. »Das ist doch alles esoterischer Quatsch!«

»Esoterischer Quatsch«, bestätigte Eva meine Worte unkonzentriert. Ich konnte es überhaupt nicht leiden, wenn sie während wichtiger Diskussionen mit anderen Leuten whatsappte.

»Mutter hatte nichts übrig für Esoterik«, behauptete ich, »sie hat ja noch nicht einmal an Gott geglaubt.«

Tante Maggie sah mich mit zusammengekniffenen Lippen an. Sie nahm Kritik an ihrer Lebenseinstellung immer unglaublich persönlich. Aber man konnte dieses Gelaber nur für Quatsch halten.

»Wir sollten die Urne dort lassen, wo sie ist. Sie hat nichts mit Mutter zu tun«, sagte ich. »Und ich bin mir zu hundert Prozent sicher, dass in der Urne kein Staubkörnchen mehr von Mutter ist. Sie wurde den gesamten Eisbach runtergespült. Über Stromschnellen, was weiß ich! Vergesst einfach diese blöde Urne!«

Ich hatte noch nicht ganz »blöde Urne« gesagt, da machte es einen gewaltigen Rums, und das lebensgroße gerahmte Porträt von Osho im Goldrahmen, das bei Tante Maggie über dem Klavier hing, fiel von der Wand. Das Glas zersprang in tausend Scherben, alle zuckten zusammen, und sogar Schröder hob kurz den Kopf. Nur Suki machte keinen Mucks. Eva fiel das Smartphone aus der Hand, und alle sahen mich an, als wäre ich persönlich für die Zerstörung von Osho verantwortlich.

Vielleicht war »blöde Urne« tatsächlich etwas zu hart gewesen.

»Ich habe nichts gemacht!«, stellte ich klar.

»Da siehst du es«, sagte Tante Maggie zufrieden.

»Was sehe ich?«, wollte ich wissen. »Dass Mutter Osho nicht leiden kann?«

Das wunderte mich überhaupt nicht. Osho war ein Sektenführer. Sektenführer waren immer suspekt, auch wenn sie dann und wann ganz brauchbare Weisheiten von sich gaben. Ich fand, es war ein absolutes No-Go, Porträts von Sektenführen aufzuhängen.

»Nein!« Maggie stemmte ihre Arme in die Seiten. »Dass sie bis jetzt keine Ruhe gefunden hat!«

»Also das hat nun selbst mich überzeugt«, sagte Tante Bärbel ehrfürchtig. »Das war wirklich ein Zeichen aus dem Jenseits. Wenn ich nicht schon so gläubig wäre, hätte mich dieses Ereignis bekehrt. Ich werde mit Pfarrer Drews sprechen müssen.«

Ich presste mir die Finger auf die Schläfen. Ich konnte mir nicht vorstellen, dass Pfarrer Drews der richtige Ansprechpartner für spirituellen Quatsch war.

»Cressi, vielleicht hat Maggie ja recht. Ich habe am ganzen Körper Gänsehaut«, wisperte Anna, »ich spüre, dass etwas nicht stimmt.«

Das spürte ich auch. Ich spürte ganz deutlich, dass meine Verwandtschaft komplett am Abdrehen und ich die Einzige hier war, die noch einen Funken Verstand im Kopf hatte.

»Was werden wir tun?« Tante Violetta klatschte in die Hände, und Tante Maggie schenkte zufrieden eine neue Runde Eierlikör in die Waffelbecher. Ich hatte sie stark im Verdacht, dass sie das Bild manipuliert hatte, weil sie wusste, dass ich bei irgendwelchen Urnen-Rettungsaktionen nicht mitmachen würde. Ich konnte mich erinnern, dass sie ganz groß in solchen Dingen war, als meine Schwestern und ich klein waren.

»Ah, ich habe eine tolle, komplett durchdachte Idee«, sagte sie jetzt fröhlich. »Sie hat mit Pfarrer Drews und Cressi zu tun.« So ein Zufall.

#narcism

Als ich klein war, dachte ich, wenn ich erwachsen wäre, würde ich einfach die Tür meines Familienkäfigs öffnen, davonfliegen und nie wieder zurückkommen. Vermutlich haben viele diese Vorstellung, aber in den wenigsten Fällen funktioniert es. Bei mir hat es nicht funktioniert. So gar nicht.

Auf dem Weg nach Hause wählte ich Lindholms Nummer. Er war daran gewöhnt, dass ich ihn anrief. Auch zwei Stunden nach unserer letzten Sitzung. Fünf Minuten nach unserer letzten Sitzung. Nachts. Um fünf Uhr früh. Ich an seiner Stelle hätte mich längst vor die Türe gesetzt. Wahrscheinlich war er im Kern ein so guter Kerl, dass er diesen Schritt einfach nicht fertigbrachte. Obwohl er ständig damit rang. Oder es waren doch die achtzig Euro, die ich ihm jedes Mal in den Rachen warf.

»Catterfeld.« Seine Stimme klang wie Musik in meinen Ohren.

»Erzählen Sie mir irgendetwas. Meinetwegen etwas aus Ihrer Kindheit. Ich muss mich dringend beruhigen.«

Ich war ziemlich beduselt vom Eierlikör.

»Was ist passiert?«

»Ich will nicht darüber reden!«

Ich konnte nicht darüber reden. Völlig ausgeschlossen. Tante Maggies Vorschlag, ich solle mit Pfarrer Drews die Urne aus der Asservatenkammer holen, hatte selbst mich aus den Socken gehauen. Und ich war wirklich, wirklich hartgesotten. Gut, Pfarrer Drews und ich gaben das absolute Dreamteam ab. Ich konnte Tante Maggies Überlegung absolut nachvollziehen. Ich, das Superhirn. Er dement. Ich attraktiv. Er ein greiser Geistlicher. Während ich den diensthabenden Polizisten mit meinem Charme einwickelte, würde Pfarrer Drews, der nicht mehr so ganz kapierte, worum es ging, die Urne einsacken, um sie wieder dem Friedhof zuzuführen. Niemand konnte einem tattrigen Geistlichen in einer abgetragenen Soutane etwas abschlagen. Wer das konnte, trank auch Eierlikör, wollte die Rezeptsammlung seiner Mutter einmal im Papiermüll entsorgen und landete postwendend in der Hölle.

Ich musste zugeben, dass ich etwas geschmeichelt davon war, dass ich Pfarrer Drews' Kompagnon sein sollte. Wie Jody in *Ein Colt für alle Fälle* oder Mrs Heart bei *Hart aber Herzlich*.

»Können Sie ein wenig eingrenzen, worum es geht?«, bohrte Lindholm nach.

Ich hörte, wie er an einem sehr heißen Tee nippte. Lindholm trank nur sehr heißen Tee. In unserer Therapielaufbahn hatte ich ihn gefühlt eine Million Mal eine halb volle Tasse lauwarmen Tee wegschütten sehen. Er schüttete sie immer in eine Yuccapalme, die rechts neben seinem Therapeutensessel stand. Sie war zugegeben prächtig für eine Yuccapalme, und ich hatte mich schon oft gefragt, ob das an dem Biomatcha lag, den Lindholm jeden Tag wegkippte.

Dieses Nippen am Tee machte immer ein ganz charakteristisches, unterdrückt schlürfendes Geräusch. Ach, Lindholm!

»Wussten Sie, dass weltweit achtzig Prozent aller aufgebrühten Tees weggeschüttet werden?«, fragte ich ihn.

Das Wenigste davon natürlich in Yuccapalmen. Ich hörte nur verständnislose Stille.

»Vergessen Sie's. Ich würde lieber einen Schwank aus Ihrer Kindheit hören.« Ich merkte selbst, dass ich fast lallte. Eierlikör war wirklich hochgefährlich. Vor allem in Verbindung mit durchgeknallten Tanten. »Irgendetwas Nettes. Wir sprechen viel zu selten über Sie!«

»Ich bin der Therapeut! Es wäre kaum angemessen, wenn ich in unseren Sitzungen über mich sprechen würde.«

Stimmt. Dann müsste er nämlich mich bezahlen und nicht ich ihn. Ich lief eine Spur langsamer, weil Schröder so hinter mir hertrödelte. Außerdem gab es hier jede Menge interessante Schaufenster.

»Trotzdem könnten Sie sich etwas mehr einbringen. Finde ich. Haben Sie schon mal gehört, dass es einem leichter fällt, sich in einem Gespräch zu öffnen, wenn sich der andere auch öffnet?«

Lindholm räusperte sich.

»Nicht? Es bedeutet, nur als Beispiel, Sie wollen

mehr über meine sexuellen Präferenzen erfahren und sagen dann: Ich stehe auf Bondage! Daraufhin würde ich sagen: Dieser ganze devote Kram interessiert mich nicht. Verstehen Sie?«

»Verstehe.«

»Ich überlege gerade, ob ich vielleicht doch eine narzisstische Grundtendenz habe«, sagte ich rundheraus.

Überlegte ich wirklich. Nur das konnte der Grund dafür sein, dass ich in Erwägung zog, mit Pfarrer Drews dieses erneute Urnending durchzuziehen. Nur deswegen wollte ich sein wie Jody. Und damit im Mittelpunkt stehen. Ein anderer Grund fiel mir nicht ein.

»Können Sie sich an Jody aus *Ein Colt für alle Fälle* erinnern?«, wollte ich von Lindholm wissen.

»Ihre Gedankensprünge sind wirklich phänomenal«, sagte Lindholm beeindruckt. »Aber ja, ich kann mich an Jody erinnern.«

Jeder konnte das. Wirklich jeder!

»Ich wollte immer sein wie sie. War ich aber nicht.«

»Welche Attribute ziehen Sie denn an dieser Frauenfigur an?«, wollte Lindholm wissen.

»Sie sieht toll aus. Hat tolle Brüste. Ihr Haar ist der Wahnsinn. Und sie ist stilsicher. Aber das absolut Beste: Sie ist knallhart!«

Ich war mir ganz sicher, dass mir Lindholm nicht folgen konnte. Spätestens bei den Brüsten war er ausgestiegen.

»Knallhart«, wiederholte er.

Na ja, es war schon spät. Er hatte mindestens fünf Sitzungen hinter sich. Kein Wunder, dass er etwas nachließ.

»Ich wäre wahnsinnig gerne gewesen wie sie, aber es scheiterte immer schon an den Brüsten.«

Ich interpretierte sein Schweigen als Zustimmung. Wieder dieses unterdrückte Nippgeräusch.

»Aber ich glaube, ich könnte knallhart sein«, überlegte ich weiter.

Ich spürte, wie ich dieser Sache mit Pfarrer Drews innerlich allmählich etwas näherkam.

»Das Äußere hat mit dem Inneren meist nichts zu tun«, sagte Lindholm weise.

»Sie sprechen mir aus der Seele. Ich bin zum Beispiel innerlich eine Sexbombe, auch wenn man es äußerlich nicht sehen kann. Lindholm, Sie sind ein Genie!«

Ich zog Schröder weiter, der an einen Laternenpfahl pinkeln wollte. Die Leute in Schwabing standen nicht so auf pinkelnde Hunde. Ich wartete nur darauf, dass mich jemand aufforderte, die Laterne abzuwischen.

»Kommen wir auf Ihren Narzissmus zurück«, riss mich Lindholm aus den Gedanken.

»Geben Sie zu, Sie haben auch schon daran gedacht.«

»Hmmm. Nein. Aber jetzt, wo Sie es sagen.«

»Wie geht man damit um?«

»Nun, ich sehe es so. Die Wurzeln lägen bei etwas, das in Ihrer Vergangenheit stattgefunden hat. Wir sollten uns in der nächsten Sitzung damit befassen.«

»Und bis dahin?«

Ich machte vor einem Taxistand halt und wühlte in meiner Umhängetasche. Meistens hatte ich irgendwo einen Notzehner stecken. Für unvorhergesehene Ereignisse wie Erschöpfungszustände nach Familientreffen mit erhöhtem Eierlikörkonsum. Ich konnte sehen, dass auch Schröder keine Lust mehr hatte zu laufen, öffnete die Tür eines freien Taxis und bugsierte uns beide auf den Rücksitz. Der Entspannungszustand setzte sofort ein. Rücksitze von Taxen wirken auf mich wie eine Droge. Ich hätte sofort einschlafen können. Mit der Hand auf dem Lautsprecher meines Smartphones flüsterte ich dem Taxifahrer meine Adresse zu. Ich ignorierte seinen Blick auf Schröder. Das hatte ich mittlerweile voll drauf. Als Hundebesitzer ist man ständig damit beschäftigt, die Blicke und Kommentare anderer Leute zu ignorieren.

»Ruhe bewahren«, schlug Lindholm vor.

Wie gut er mich kannte.

»Und, Catterfeld …«

»Ja?«

»Tun Sie nichts Unüberlegtes.«

#Bridgerton
#rolemodels

Zu Hause saß Lucinda Beckett in unserem Wohnzimmer, sah sich eine Serie auf Netflix an und aß dazu Süßkartoffelchips. Ansonsten war es wunderbar still, was bedeutete, dass weder Anna noch ihre schrecklichen Kinder zurück waren. Ich schüttete Schröder Futter in seine Schüssel und ließ mich dann neben Lucinda Beckett auf die Couch fallen.

»Ich kann nicht fassen, dass du dir *Bridgerton* ansiehst«, sagte ich zu ihr und klaute mir eine Handvoll Chips aus ihrer Tüte.

Lucinda Beckett runzelte nur die Stirn. Sie hatte trotz der sommerlichen Temperaturen – und das war in unserer Wohnung noch untertrieben – einen oversized Hoodie mit der Aufschrift »Do epic shit!« an und hatte sich die Kapuze über den Kopf gezogen. Das und die Tatsache, dass sie sich auf ihrem Laptop *Bridgerton* ansah, waren untrügliche Zeichen, dass es ihr nicht gut ging. Eine hartgesottene Feministin wie Lucinda Beckett konnte sich unmöglich solchen Unsinn auf Netflix reinziehen, in dem es nur darum ging, Frauen auf eine unterwürfige sexualisierte Rolle zu reduzieren, und in der sich Frauen nur darüber Gedanken machten, wer mit ihnen wo tanzte, vögelte und ob sie die passenden Klamotten dazu hatten.

Ich konnte mir so was dagegen ohne Probleme ansehen. Vor allem, wenn ich einen Eierlikörrausch hatte oder kurz vor einer Panikattacke stand. Dann würde mich solcher Bullshit gut runterbringen. Ich könnte mich beim Zuschauen wunderbar in die Vorstellung hineinsteigern, ich sei ein zartes junges Ding, das bald zum ersten Mal Sex mit einem Kerl haben würde, der bis jetzt alles besprungen hatte, was nicht bei drei auf den Bäumen war. Außerdem lag mir zumindest die Thematik mit den Klamotten recht nah.

»Ist alles in Ordnung?«, wollte ich wissen.

Lucinda Beckett brummelte etwas Undeutliches.

»Stimmt etwas nicht mit deinem Prof?«

Lucinda Beckett hatte schon seit geraumer Zeit eine Affäre mit ihrem Prof. Einem verheirateten Mann, der steil auf die, sagen wir, fünfundsechzig zuging.

»Gibt es Probleme mit seinem Gnomenschwanz?«, hakte ich nach, als sie keine Antwort gab. Diese Vermutung erschien mir am schlüssigsten.

»Zwergenpenis«, korrigierte mich Lucinda Beckett.

»Stimmt, verschrumpelter Zwergenpenis.«

Jetzt fiel es mir wieder ein.

»Nein, mit dem ist alles in Ordnung.« Lucinda Beckett seufzte und kippte sich die restlichen Brösel aus der Chipstüte in den Mund. Sie kaute langsam und sorgfältig, was ich von ihr auch nicht kannte.

Wir starrten beide auf den Bildschirm, auf dem die Debütantin Daphne mit dem unglaublich attraktiven Duke of Hastings in einem Park lustwandelte. Sie führten ein absolut nichtssagendes Gespräch. Was vielleicht daran lag, dass sie so von seinem Körper abgelenkt war, dass ihr in seiner Gegenwart nichts Intelligentes mehr einfiel. Ich hatte den vagen Verdacht, dass Lucindas miese Laune mit *Bridgerton* zusammenhing. Anders konnte ich mir nicht erklären, warum sie sich diesen Müll reinzog.

»Manchmal stelle ich es mir total beruhigend vor, so ein verhuschtes, kleines Mädchen, gefangen in einer beschissenen Frauenrolle, zu sein«, gab ich zu.

Solche Dinge konnte man nur zu Lucinda Beckett oder einem chauvinistischen Mann sagen, ohne sofort gekreuzigt zu werden. Die meisten Frauen, die ich kannte, meine Schwestern eingeschlossen, würden sofort Schnappatmung bekommen. Was ich vor allem bei Anna nicht nachvollziehen konnte.

»Und genau deswegen sehe ich mir *Bridgerton* an«, sagte Lucinda Beckett düster.

»Bitte was?«

»Ich studiere Geschlechterrollen.«

Ich atmete erleichtert durch. Ach so. Geschlechterrollen. Das war in gewisser Weise typisch Lucinda Beckett. Sie hatte an vielen Dingen in dieser Richtung ein fast wissenschaftliches Interesse. An Zwergenpenissen. Funktionalität von Sexspielzeug. Geschlechtskrankheiten.

»Des späten neunzehnten Jahrhunderts?«, wollte ich wissen.

»Ach, hör mir auf. In den meisten Köpfen ist diese Scheiße doch immer noch hoch im Kurs. Sonst würde diese Serie doch gar nicht funktionieren.«

Ich nickte nur.

»Die Krux unserer Zeit ist, dass achtzig Prozent der Menschen in ihrer Geschlechterrolle festhängen und der Rest dazwischen hin und her flippt.«

»Bist du dir mit den Zahlen sicher?«, fragte ich beeindruckt.

»Keine Ahnung, war ein Satz ins Blaue hinein.« Lucinda Beckett zuckte mit den Schultern. Ich hatte sie noch nie so frustriert gesehen.

»Und was hat das mit dir zu tun?«, fragte ich vorsichtig.

Wir hörten Schritte auf der Treppe, dann schüttelte jemand den Schlüssel aus der Dose neben der Tür und steckte ihn ins Schloss. Mika kam nach Hause. Seit so viele Menschen bei uns ein und aus gingen, hatten wir einen Schlüssel draußen deponiert. Das war praktischer.

Schröder rappelte sich auf und steuerte in den Hausflur, um Mika zu begrüßen. Aus unerfindlichen Gründen liebte Schröder Mika abgöttisch. Manchmal war ich etwas neidisch, wenn Schröder seine Schnauze auf Mikas Füßen ablegte und nicht auf meinen. Wenn ich nach Hause kam, rastete Schröder nie so aus wie bei Mika. Sofern man bei Schröders reduzierten Gefühlsäußerungen von ausrasten sprechen konnte.

»Hey! Ihr guckt ja *Bridgerton*«, stellte Mika fest und quetschte sich neben mich auf die Couch.

Er hatte eine Tüte dabei, aus der es verdächtig nach

Falafel roch. Ich liebte es, wenn mir jemand Essen mitbrachte. Außerdem hatte ich so gut wie immer Hunger und aß einfach alles. Außer Kutteln vielleicht. Das wusste Mika und nutzte es schamlos aus. Er glaubte, der Anblick von Essen in einer Tüte würde bei mir eine Ausschüttung von Oxytocin auslösen, einem sehr potenten Bindungshormon. Ich glaubte, er hatte recht.

»Du hast Falafel mitgebracht«, sagte ich gerührt. Ich liebte ihn dafür.

»*Bridgerton* ist eine echt geile Serie«, sagte Mika und reichte mir und Lucinda Beckett je eine Falafel.

Wir warfen uns einen Blick zu.

Da siehst du es, signalisierte mir Lucinda Beckett stumm, auch so einer, der in seiner Geschlechterrolle festhängt.

Mika legte mir seinen Arm um die Schultern. Er roch dezent nach Staub, hartem Training und Dönerbude. Eine unwiderstehliche Mischung. Und er fühlte sich wahnsinnig gut an. Wenn ich ehrlich war, bezweifelte ich, dass sich Lindholm so gut anfühlen würde. Der war ja eher so der schlaksige Typ, der statt Yoga ein Nickerchen auf seinem Meditationskissen machte.

»Also die Szene, wo der Duke erklärt, wie man sich selbst befriedigt …«

»… ist einfach unsäglich«, unterbrach ich ihn.

Unsäglich war ein noch viel zu schwaches Wort für diese peinliche Szene, in der sich eine junge Frau als völlig naiver Trottel outete.

»Warum?«, fragte Mika verständnislos. »Viele Frauen wissen nicht, wie das geht!«

Ich schloss kurz die Augen. Himmel. Er war so ein

toller Kerl. Er hatte bestimmt eine wunderbare Erziehung bei fantastischen griechischen Frauen genossen. Ich stellte sie mir resolut, robust, sehr dunkelhaarig und schlagfertig vor. Frauen, die zur Not auch im Stehen pinkeln konnten. Aber was hatten sie zu seiner Aufklärung beigetragen? Nichts!

»Was so nicht stimmt«, stellte Lucinda Beckett klar. »Die meisten Männer wissen nicht, wie man eine Frau befriedigt. Dagegen hatte ich noch nie schlechten Sex mit Frauen.«

»Die Serie spielt im späten neunzehnten Jahrhundert, da wussten manche Frauen eventuell nichts über Selbstbefriedigung. Aber jetzt haben wir das Jahr 2022. Ich will dich nicht enttäuschen, aber die meisten Frauen wissen ziemlich gut Bescheid.«

Ich biss in meine Falafel. Mika war wirklich der Prototyp eines Mannes.

»Du hattest Sex mit Frauen?«, wollte er von Lucinda Beckett wissen.

Das war mir auch neu.

»Dann und wann«, sagte sie dumpf.

»Man muss sich echt Sorgen machen, wie die jungen Mädels mit solchen Serien zurechtkommen«, lenkte ich das Thema wieder auf *Bridgerton*, weil ich spürte, dass Lucinda Beckett nicht darüber reden wollte. »Ich bin mit Jody Banks aufgewachsen. Und seht mich an!«

»Jody Banks!«, sagte Mika begeistert. »Die von *Ein Colt für alle Fälle*?«

Ich nickte.

»Ja, Jody war toll!«

Klar, dass Mika Jody toll fand.

»Du warst damals viel zu jung, um Jody toll zu finden«, merkte ich an.

»Jody war auch ein grauenvolles Rollenvorbild.« Lucinda Beckett war wirklich mies drauf. Ich kannte sie als relativ ausgeglichene destruktive Person. So hatte ich sie noch nicht erlebt.

»Sie springt ständig im knappen Bikini durch die Kulisse.«

»Aber!« Ich hob den Zeigefinger.

»Es geht nur um ihren Körper!«

»Aber!«

»Sie wird permanent sexualisiert und checkt es nicht! Das ist das Schlimmste. Dass sie es nicht checkt«, sagte Lucinda Beckett schlecht gelaunt und klappte den Laptop zu. »Mir reicht das für heute. Ich geh ins Bett.«

»Sollen wir darüber reden?«, fragte ich.

Sie winkte nur ab.

Wir sahen ihr sprachlos nach.

»Ich mochte Jody Banks«, sagte ich dann.

Bis jetzt zumindest. Aber unter diesen Aspekten musste ich meine Meinung überdenken.

»Ich weiß, Babe!« Mika zog mich an sich.

Seine Umarmung fühlte sich wahnsinnig tröstlich an.

»Ich fand immer, sie war ein gutes Rollenvorbild!«

»Babe, das ist Ansichtssache«, versuchte Mika mich aufzumuntern. »Sie ist schließlich ein sehr … vielschichtiger Charakter. Jeder interpretiert etwas anderes in sie hinein.«

»Findest du?«

Mika nickte ernst.

»Die einen sehen eine starke Frau in ihr. Die anderen ein Sexsymbol. Willst du noch eine Falafel?«

Er reichte mir noch ein Alupäckchen, das er für mich gebunkert hatte.

»Ich mochte die Badewanne«, sagte er.

»Welche Badewanne?« Ich legte meinen Kopf auf seine Brust.

»Die Badewanne, in der Colt Sievers immer liegt. Mit dem Hut auf dem Kopf. Die Wanne war fantastisch! So eine habe ich mir immer gewünscht.« Er seufzte und küsste mich auf den Scheitel. »Und dann kommt Jody im hellblauen Bikini durch die Schwingtür. Ein Traum.«

#Bamboogarden

Nachdem ich gefühlt eine komplette Nacht von Colt Sievers und Jody Banks geträumt hatte, trollte ich mich mit Schröder zum Frühstück in den Chinaimbiss. Mika hatte sich einen Kleintransporter von einem Freund geliehen und war damit unterwegs in den Baumarkt. Sergiu, der Rumäne, hatte schon früh eine Bestellung an Arbeitsmaterialien durchgewhatsappt. Sergiu und Mika kamen ganz wunderbar klar. Sie hatten so ziemlich die gleichen Hobbys, und neuerdings versuchte Sergiu Mika zu überreden, mit dem Boxtraining anzufangen. Was supergut für den Aggressionsabbau war. Ich hatte daher schon überlegt, ob es nicht eher etwas für mich war. Aggressionen abzubauen konnte bei mir eigentlich nur einen positiven Effekt haben. Außerdem machte es sich bestimmt gut auf Instagram, wenn man Posts aus einem Boxclub absetzte.

Der Imbiss hatte erst seit fünf Minuten geöffnet. Die alte Chinesin saß schlecht gelaunt hinter dem Tresen. Ich ließ Schröder vor der Tür, wo er sich brav ablegte. Mittlerweile hatte er verstanden, dass der Imbiss kein sicheres Terrain für ihn war.

»Ah«, sagte die alte Chinesin nur, als sie mich sah, und richtete sich auf. Es sah fast so aus, als hätte sie auf mich gewartet. Sie brüllte etwas Unverständliches Richtung Küche, woraufhin es dort sofort zu scheppern und zu zischen begann.

»Gute Wahl, balinesisches Frühstück«, informierte sie mich.

Ich setzte mich zu ihr an den Tresen.

»Wie läuft es mit Bistro?«, wollte sie wissen.

Ich seufzte und zuckte mit den Schultern. Ich hatte keine Lust, ihr von dem geklauten Klo zu erzählen. Und davon, dass ich noch weniger Geld hatte als sonst. Für mein balinesisches Frühstück hatte ich mir von Mika fünf Euro leihen müssen. Ich hasste das. Ich hasste es wirklich.

»Weißt du, ich habe mir gedacht, du brauchst vielleicht Unterstützung«, sagte die Alte, »mit Marketing, Buchhaltung, Speisekarte … Das macht Sache leichter.«

»Ich komme zurecht.«

Das stimmte nicht ganz. Ich hatte null Ahnung von Buchhaltung. Wenn ich daran dachte, bekam ich spontan Bauchschmerzen. Meine Idee war, dass das Evvie's von Anfang an so krass gut lief, dass ich eine Buchhalterin einstellen konnte, die diesen ganzen Kram mit Zahlen, Steuern und solchen Dingen mit links erledigte. Ich stellte sie mir mit grau meliertem Haar, großer Brille mit schwarzem Gestell und komplett in Kaschmir gekleidet vor. Sie sollte mit beruhigender Stimme sprechen und so kompetent sein, dass ich mich nur im Sessel zurücklehnen und die Augen schließen musste. Ich war bereit, für diese Frau richtig viel Kohle auszugeben.

Es schepperte noch einmal laut in der Küche, dann kam die dicke Köchin mit einem Teller dampfender Nudeln heraus. Sie knallte ihn vor mich auf den Tresen.

»Geht aufs Haus«, sagte die Alte.

»Oh, danke schön!«

Der Tag konnte so schlecht nicht sein. Die alte Chinesin hatte mich in den zwei Jahren, in denen ich sie kannte, noch nie auf etwas eingeladen. Sie schien ein ausgesprochener Geizkragen zu sein. Deswegen wunderte es mich etwas, dass sie plötzlich so freigebig mit ihren Udon-Nudeln umging.

»Ab heute darfst du mich Pum nennen«, sagte sie feierlich.

»Pum. Schön.« Ich sah sie misstrauisch an und begann dann, die Nudeln mit den Stäbchen in mich hineinzuschaufeln. Da kam doch noch was.

»Erzähl von Bistro«, sagte sie und sah mich erwartungsfroh an.

»Da gibt es nicht viel. Es geht voran.« Ich fühlte mich ein bisschen schlecht, weil ich das Klo verschwieg. Und meine Geldprobleme. Aber Pum konnte sich schließlich denken, dass ich knapp bei Kasse war. »In zwei Wochen will ich eröffnen. Aber die Speisekarte steht noch nicht.« Und eigentlich stand auch sonst kaum etwas. Aber wenn ich erst einmal ein Menü hatte, würde sich der Rest schon finden. Dazu wollte ich mich noch mit Phil zusammensetzen. Von Mika kamen nur Ideen wie Grillteller, Fischplatte, Oktopus, frittierte Sardellen …

»Wie wird Name sein?«

»Evvie's«, sagte ich zwischen zwei Bissen Nudeln.

»Schlechter Name!«

»Warum das denn?«, wollte ich wissen.

Die Alte hatte oft komische Vorstellungen davon, wie etwas zu laufen hatte. Ich schob es darauf, dass sich bei unseren Begegnungen östliche und westliche Kultur berührten. Was nicht verkehrt war. Aber es bot jede Menge Konfliktpotenzial.

»Ganz schlechte Numerologie«, behauptete sie. »Zahl sechs bedeutet Misserfolg!«

Na prima.

»Und das haben Sie so auf die Schnelle ausgerechnet?«

Sie nickte und schob die Flasche mit der Sriracha-Soße näher zu meinem Teller.

»Sriracha macht alles besser. Nimm. Nimm nur!«

Ich schüttelte die Flasche und träufelte die Soße großzügig über meinen Teller. Der nächste Bissen war so scharf, dass ich dachte, mein Geschmackssinn würde implodieren. Pum stellte wortlos ein Glas Wasser vor mich hin und wartete geduldig, bis ich mich wieder beruhigt hatte.

»Aber das war der Name meiner Mutter!«, beharrte ich.

»Ganz schlechte Idee. Nie Name von Mutter verwenden. Merk dir das, Mädchen!«

Der Gedanke war mir nicht fremd. Aber ich hatte das Gefühl, Mutter hätte gewollt, dass das Evvie's weiterhin Evvie's hieß.

»Gute Beziehung zu Mutter?«, wollte Pum wissen.

Ich zuckte mit den Schultern.

»Falsche Antwort!«, knallte mir Pum vor den Kopf.

»Wenn du hast gute Beziehung zu Mutter, dann kannst du darüber nachdenken! Wenn nicht: großer Fehler! Name der Mutter zerstört jedes Restaurant!«

Das erwischte mich nun eiskalt. Pum war wirklich eine grausame Person.

»Weißt du, welcher Name ist einzig richtiger Name für ein Restaurant?«

»Chinaimbiss?«, riet ich.

Das stand zumindest über der Eingangstüre ihres Ladens.

»Nein, nein, nein! Du keine Ahnung! Einziger Name für wirklich gutes Restaurant: Bamboo Garden!« Sie breitete die Arme aus und schloss für einen Augenblick die Augen. »Das ist kostenloser Rat von mir für dich.«

»Bamboo Garden.«

»Genau. Jedes gute Restaurant heißt Bamboo Garden.«

Zumindest jedes außer das Schwarzreiter im Hotel Kempinski oder das Esszimmer. Oder das Showroom. Wenn ich länger nachdachte, würden mir sicher noch hundert sehr gute Restaurants einfallen, die nicht Bamboo Garden hießen. Ich steckte mir äußerst vorsichtig noch ein Stäbchen meines balinesischen Frühstücks in den Mund. Langsam gewöhnte ich mich an die Schärfe.

»Du brauchst Unterstützung, Mädchen! Du vollkommen ahnungslos. Wenn du ahnungslos, Bistro wird scheitern. Du dein Geld nehmen und in Klo werfen.«

Welches Klo?

»Also, was hältst du von Bamboo Garden?«, fragte Pum erwartungsvoll.

»Ich glaube, mein Bistro wird diesem Namen nicht gerecht«, sagte ich und kippte noch ein Glas Wasser nach. »Es ist kein wirklich gutes Bistro.«

»Manchmal man muss hochstapeln«, sagte Pum schlau. »Jeder denkt: Bamboo Garden! Muss gutes Restaurant sein. Jeder kommt und will Bamboo Garden sehen!«

»Ich denke darüber nach«, versprach ich und schob meinen leeren Teller zu ihr hinüber.

»Nicht zu lange!«, rief sie mir nach, als ich schon halb zur Tür draußen war.

#Shooting
#elbgym
#fitness

Auf dem Weg zum Bistro kam eine WhatsApp von Phil. Er war wegen eines Shootings für die *Fit for Fun* im Münchner Elbgym, und die Stylistin war ausgefallen. Ein Glücksfall. Ich wusste, dass dieser Tag gut werden würde, als mir Pum das balinesische Frühstück für lau gab. Gut gelaunt pfiff ich nach einem Taxi für Schröder und mich. Ich konnte dieses Geld so was von gut gebrauchen. Jetzt wäre vielleicht sogar ein neues Klo drin.

Das Elbgym war der Place to be für reiche Menschen, die entweder fit werden oder ihr Image aufpolieren wollten. Die meisten, die dort trainierten, waren allerdings schon fit und schön. Eine Insta-Story mit dieser Location kam garantiert extrem gut.

Ich machte der Dame am Empfang klar, dass Schröder Teil des Shootings war, und suchte dann nach Phil und der Shooting Crew. Ich fand sie im Raum für Indoor Cycling.

»Gut, dass du da bist, Cressi!«, begrüßte mich Phil. »Wir haben nur Schrott hier am Set. Es ist eine Katastrophe!«

Die Models saßen im Jogginganzug in einer Sitzecke und tranken irgendwelche grünen Smoothies, und der Fotograf samt Assistenz spielte mit dem Licht. Ich brachte Schröder zu den Models, die sofort anfingen, Selfies mit ihm zu machen. Schröder hatte eine seltsame Wirkung auf manche Menschen. Sie benahmen sich, als hätten sie nie zuvor einen Hund gesehen.

»Ich finde diese neuen Radlerhosen einfach grauenhaft!«, sagte Phil und hielt eine der Hosen hoch.

Sie war aus schwarzem Netzstoff.

»Du nimmst dieses ganze Modeding zu persönlich«, erklärte ich Phil. »Es ist doch völlig egal, was sie anhaben. Hauptsache sie haben irgendetwas an.«

Phil riss entsetzt die Augen auf.

»Wir können daran sowieso nichts ändern. Was wir haben, ziehen wir ihnen an.«

Ich zupfte ein neonfarbenes Tanktop aus den hundert Teilen, die aufgereiht auf einem Kleiderständer hingen.

»Ich glaube, ich habe eine Depression«, gab Phil zu. »Wenn ich diese Klamotten sehe, kommen mir die Tränen. Was ist aus der großen Mode geworden. Aus dem Glamour. Der Magie!«

»Wir sind hier nicht bei der *Vogue*«, informierte ich ihn vorsichtig. »Das sind Sportklamotten.«

»Ich glaube, ich habe einen Fashion-Burn-out.«

Phil sah wirklich niedergeschlagen aus. So kannte ich ihn gar nicht.

»Heute Morgen hatte ich kurz das Gefühl, ich muss meinen Schminkkoffer aus dem Fenster werfen!«

»Den großen?«

»Den großen von Samsonite. Das Teil hüte ich wie meinen Augapfel. Der ist so endgeil, dass ich ihn nachts mit ins Bett nehme. Wenn du verstehst, was ich meine.«

Ich begann mir ernsthaft Sorgen zu machen. Phil wohnte in der Nähe vom Wiener Platz mitten in Haidhausen. Wenn er das Teil dort aus dem Fenster warf, passierte ein Unglück.

»Tu das bloß nicht«, riet ich ihm. »Wenn der jemandem auf den Kopf fällt, kommst du in den Knast.«

Ich winkte den Models, damit sie zu uns herüberkamen. Sie waren schon geschminkt und frisiert. Ich wünschte mir, ich könnte auch nur einmal so perfekt aussehen. Seitdem ich diesen Scheißsidecut hatte, hatte ich ein ernsthaftes Problem. Diese Phase, wenn die Seiten fünf Zentimeter lang waren, hielt ich einfach nicht aus. Deswegen musste ich mir die Haare alle zwei Wochen rasieren. Ich hatte schon über Extensions nachgedacht. Aber die konnte ich mir nicht leisten. Zumindest nicht, solange ich mein Geld für verschwundene Kloschüsseln und Sergiu, den Rumänen, ausgeben musste.

Ich reichte den Models ihre Teile und wandte mich dann wieder an Phil. Er saß zusammengesunken auf seinem Drehhocker.

»Mir steht es echt Oberkante Unterlippe«, sagte er deprimiert.

»Umso besser. Ich brauche sowieso deine Hilfe.«

Ich zuppelte ein bisschen an den knappen Teilen herum. So schlecht fand ich die gar nicht. Falls ich irgendwann einmal auf die Idee kommen würde, Sport zu treiben, würde ich mir auch so nette Höschen mit passendem Bustier anschaffen. Ich sah mich schon damit Insta-Storys aus einem geilen Fitnessclub posten. Fitnessmodel wäre sowieso eine ziemlich gute Idee. Man war fit und bekam auch noch Geld dafür. Ich nahm mir vor, nachher der Dame am Empfang eine Mitgliedschaft für den halben Preis rauszuleiern. Wenn sie dachte, dass ich von der *Fit for Fun* war, konnte das funktionieren.

»Du musst unbedingt die Speisekarte mit mir durchgehen«, bat ich Phil. »Von Mika kommt nur Mist.«

»Okay.«

Das klang jetzt nicht gerade begeistert.

»Weißt du«, sagte ich, »das Thema hatten wir ja schon. Ausstieg aus der Modebranche.«

Ich konnte Phil wirklich nicht so unglücklich sehen. Es brach mir das Herz, wie er da saß, mit einer Radlerhose von Adidas auf dem Schoß. Die, zugegeben, wirklich nicht besonders hübsch war. Vor allem, wenn man sie sich nicht an einem Modelpopo vorstellte, sondern an einem normalen.

»Ich dachte mir, du könntest ins Bistro mit einsteigen.«

Die Idee war mir jetzt wirklich spontan gekommen. Irgendetwas hatte das Gespräch mit Pum in mir ausgelöst. Wahrscheinlich hatte sie recht, und ich brauchte jemanden, der all die Dinge in die Hand nahm, von denen ich nichts verstand. Ob Phil der Richtige dafür war, wusste ich natürlich nicht. Aber ich konnte es mir durchaus vorstellen.

»Ist das dein Ernst?« Phil sah mich mit großen Augen an.

Ich nickte nur.

»Es könnte ein Fashion-Bistro werden!«, überlegte er.

»Solange du Harald Glööckler nicht für irgendetwas verbrätst? Da bin ich dagegen. Entschieden dagegen!«

»Ich hatte eher an Dior gedacht. Oder Lagerfeld. Das Lagerfeld-Frühstück!«, sinnierte Phil.

»Nicht schlecht!«, sagte ich.

»Valentino Dinner!«

»Noch besser!«

»Lass uns die Tage brainstormen!«

Ich nickte. Wir sahen den Mädels zu, wie sie sich auf zwei Indoor-Bikes schwangen und zu strampeln begannen. Auch modeln konnte ein Scheißjob sein.

»Hast du eigentlich etwas von Eva gehört?«, wollte ich von Phil wissen.

»Ja«, gab er zu.

»Und? Will sie dich immer noch als Samenspender?«

Ich hatte Eva mit Absicht nicht mehr auf diesen Spleen angesprochen. In der Hoffnung, sie würde einfach vergessen, dass sie neuerdings ein Kind zeugen wollte. Das konnte durchaus passieren. Seit sie den Verlag gewechselt hatte, hatte sie auch verdammt viel um die Ohren. Da fielen Kinderwünsche gerne mal hinten runter.

»Sie hat mir abgesagt!«

»Dir abgesagt?« Ich wusste nicht, ob ich wirklich, wirklich erleichtert oder extrem empört sein sollte.

»Sie hat einen anderen für das Projekt«, sagte Phil und sah sofort wieder niedergeschlagen aus. Ich wusste gar nicht, dass Phil unbedingt ein Kind zeugen wollte. Und schon gar nicht mit meiner Schwester. Aber dass meine Schwester ein Kind als Projekt bezeichnete, sah ihr wieder verdammt ähnlich.

»Du kannst nur froh sein, hörst du?« Ich legte ihm die Hände auf die Schultern und blickte ihm tief in die Augen. »Dein absolut brillanter Genpool wäre bei meiner Schwester total vergeudet. Weißt du, wer ihr neuer Samenspender ist?«

Phil zuckte mit den Achseln.

»Irgendein Hetero. Das macht die Sache leichter, hat sie gesagt.«

»So ein Unsinn!« Jetzt war ich wirklich empört.

»Sehe ich genauso.«

»Meine Schwester ist eine Plage! Das hat sie wirklich so gesagt? Es macht die Sache leichter?«

»Sie hat mir eine WhatsApp geschrieben.«

Also Schlussmachen per WhatsApp war schon ganz unterste Schublade. Aber eine potenzielle Vaterschaft auf diese Weise zu kündigen, das ging zu weit! Ich musste ihr unbedingt den Marsch blasen. Phil war schließlich mein bester Freund.

Der Fotograf scheuchte die Models wieder zu uns zurück.

»Knapperes Oufit!«, rief er mir zu. »Sieht scheiße aus so!«

Ich verdrehte die Augen.

»Nehmt es nicht persönlich«, sagte ich zu den Mädels. »Es liegt nicht an euch!«

Ich suchte zwei knappe Bodysuits heraus und schickte sie damit in die Umkleide.

»Ich hasse meine Schwester«, sagte ich zu Phil. »Sie denkt wirklich, sie sei etwas Besseres.«

Das stimmte natürlich nicht ganz. Ich hasste sie nicht. Ich war nur der Meinung, dass sie sehr oft eine furchtbare Person war.

»Vielleicht ist sie ja tatsächlich etwas Besseres«, gab Phil zu bedenken.

Ich drückte ihm einen Kuss auf die Wange.

»Unsinn! Eva leidet an maßloser Selbstüberschätzung. Sie hat deine De-luxe-Spermien gar nicht verdient!«

#freeurn

Am nächsten Tag musste ich dringend ins Evvie's. Ich hatte den ganzen Tag mit Phil im Elbgym vertrödelt und schon ein schlechtes Gewissen, weil ich meine Bauaufsicht vernachlässigt hatte. Dafür hatte ich ein paar hundert Euro verdient und grüne Smoothies getrunken, bis mir ganz elend war. Irgendwie vertrug ich dieses Kohl-Spinat-Spirulina-Gemisch nicht so besonders. Ich hatte auch mal gelesen, dass die Dinger gar nicht so gesund waren, wie sie aussahen. Aber Phil hatte gemeint, wenn sie umsonst sind, muss man gnadenlos zuschlagen. Man bekam sowieso viel zu selten etwas geschenkt.

Meine Tanten hatten eine neue WhatsApp-Gruppe unter dem Gruppennamen »free urn!« gegründet. Ich fand das nur halb so witzig, wie es wahrscheinlich gemeint war. Spontan war ich sofort ausgetreten, doch Tante Maggie hatte mich umgehend wieder hinzugefügt.

Sie schlug ein weiteres Treffen am Nachmittag im Katzentempel vor. Tante Maggie war Stammgast in dem veganen Restaurant. Ich denke, ausschließlich wegen der Katzen, denn ich hatte sie schon mehrfach Doppelwhopper verdrücken sehen, ohne dass sie mit der Wimper gezuckt hätte.

Ich scrollte mich durch die Nachrichten. Tante Violetta war Feuer und Flamme. Sie konnte einfach keine Gelegenheit auslassen, uns zu tyrannisieren. Tante Bärbel hatte Bedenken wegen der Katzen. Sie musste schon Antiallergika einwerfen, wenn sie Maggie zu Hause besuchte, und da gab es nur eine Katze, nämlich Peace. Eva hatte einen wichtigen Termin. Wahrscheinlich mit dem neuen Samenspender. Anna wollte kommen, würde aber ihre Kinder mitbringen müssen, worauf Tante Maggie schrieb, so wichtig sei ihre Anwesenheit nicht.

Ich klappte mein Smartphone zu und stopfte es zurück in meine Tasche. Wenn ich auf etwas keine Lust hatte, dann auf ein weiteres Treffen mit meiner Verwandtschaft. Obwohl der Himmel blitzblau war, die Sonne strahlte und alle Menschen um mich herum gute Laune hatten, kam mir die Welt in Anbetracht eines Termins mit meinen Tanten plötzlich grau vor.

Ich sperrte die Türe zum Evvie's auf.

Vielleicht sollte ich mir zuerst einen Instantkaffee machen und Lindholm anrufen. Aber dazu kam ich nicht, denn Wischnewski eilte über die Straße.

»Cressi!«, brüllte er schon von Weitem.

Schröder flüchtete nach drinnen und trabte voraus in die Küche. Dort lag immer eine Kaustange für ihn bereit.

»Kindchen. Das Klo sitzt, wackelt und hat Luft!« Wischnewski sah unglaublich stolz aus. »Dieser Sergiu ist ein Teufelskerl. Es gibt nichts, was dieser Mann nicht kann!«

»Tatsächlich.«

»Ja, tatsächlich«, bestätigte Wischnewski. »Weißt du, das Klo hat gar nicht hundertprozentig über das Loch gepasst. Ich weiß auch nicht, warum. Vielleicht waren die Toiletten in den Siebzigerjahren noch anders gebaut. So vom Design her …«

»Siebzigerjahre?«

Ich lief ihm mit einem leicht unguten Gefühl voraus zu den Toiletten.

»Ja. Das Ding hatte ich schon seit Urzeiten im Keller stehen. Und dieser Sergiu, wirklich, sei froh, dass du ihn hast, der hat die Lücken einfach mit Silikon abgedichtet.«

Ich öffnete die Türe zur Damentoilette. Das Klo sah wirklich abenteuerlich aus. Es war lachsfarben mit einem gehäkelten Klodeckelüberzug in verschiedenen Brauntönen. Um den unteren Rand zog sich eine Schicht getrocknete Silikonmasse.

»Dieser Mann ist wirklich jeden Cent wert, den du ihm bezahlst, Cressi«, sagte Wischnewski ehrfürchtig.

Ich brauchte dringend einen Kaffee. Instant hin oder her. Irgendetwas, was mich sofort auf die Beine stellte und meine Laune hob. Ich hörte, wie die Türe des Evvie's aufgezogen wurde.

»Das wird er sein!«, strahlte Wischnewski. »Übrigens. Der Deckelbezug ist frisch gewaschen. Und ich habe noch den passenden Vorleger dazu. Soll ich ihn dir vorbeibringen?«

»Na klar«, sagte ich.

Von vorne drang Stimmengewirr zu uns, das ich als Anna und ihre Kinder identifizierte. Hatten die keine Schule?

Als wir wieder in den Schankraum kamen, stand Sergiu, der Rumäne, schon hinter dem Tresen und zog sich einen Instantkaffee, während meine Schwester versuchte, ihre Kinder im Zaum zu halten. Sergiu nickte mir zu. Suki saß auf dem Boden und aß eine Breze. Chrissi schubste Benno, bis der zu heulen anfing.

»Ich weiß auch nicht, was ich falsch mache«, sagte Anna verzweifelt.

Ich entdeckte das geile Lastenrad vor der Fensterfront des Evvie's. Vielleicht konnte ich es Anna irgendwie abschwatzen. Schließlich will man sich doch kein Gerümpel von Ex-Männern ans Bein binden.

»Vielleicht brauchen sie einen Kinderpsychologen«, schlug ich vor.

»Cressi, ich bin dann mal weg«, brüllte mir Wischnewski ins Ohr. »Ich muss noch die Wildkamera checken. Ob etwas Verdächtiges vorgefallen ist.«

»Gute Idee!«

Meine Schwester sah mich mit großen Augen an.

»Haben wir ein Problem mit Wildtieren?«, wollte sie wissen.

»Vergiss es einfach«, seufzte ich.

Ich wollte Wischnewski nicht den Spaß verderben. Solange er stundenlang verpixelte, unterbelichtete Videos auswertete, konnte er mir wenigstens nicht ins Ohr brüllen.

Sergiu stellte zwei Instantkaffees vor mir und Anna ab. Er war tatsächlich jeden Cent wert. Vor allem redete er kaum. Dafür war ich wirklich dankbar. Es geht nichts über Menschen, mit denen man schweigen kann, ohne dass man sich blöd vorkommt.

»Was sagst du zu Tante Maggies WhatsApp?«, wollte Anna von mir wissen.

»Welche von den vielen meinst du?«

Ich nippte an meinem Kaffee. Während ich mit Wischnewski im Klo gestanden war, hatte mein Smartphone gefühlt hundertmal gesummt.

»Die, mit der sie mich aus dem Katzentempel ausgeladen hat.«

»Ich glaube, sie hatte einfach Bedenken wegen der Katzen«, sagte ich.

Die hatte ich nämlich auch. Benno, Chrissi und Katzen waren keine gute Idee. Sie hatten einfach kein Händchen für Tiere. Über Suki konnte man reden. Aber die beiden Jungs – Katastrophe.

»Wegen der Katzen«, wiederholte Anna düster. »Schon klar. In Wahrheit kann sie einfach meine Kinder nicht leiden.«

Diese Behauptung ließ ich einfach mal so stehen. Es war aber auch wirklich schwer, die zwei zu mögen. Wir sahen ihnen zu, wie Benno Chrissi an den Haaren unter einen Bistrotisch zerrte. Die beiden waren einfach die verzogensten Fratzen unter Gottes Sonne. Das lag vielleicht am Erziehungsstil meiner Schwester. Aber insgeheim schob ich die Schuld auf Julius, diesen Loser.

»Benno, lass bitte deinen Bruder in Ruhe!«

Anna ließ ihren Kaffee am Tresen stehen und versuchte die beiden zu trennen. Wie oft hatte ich solche Szenen beobachtet und mich innerlich beglückwünscht, dass ich keine Kinder hatte. Wobei meine mit Sicherheit süß und wohlerzogen wären. Sie hätten Mikas dunkle Locken und mein freundliches Wesen. So etwas Furchtbares wie Benno und Chrissi passierte nur, wenn man sich den falschen Mann aussuchte. Dachte ich.

»Scheißmama!«

Benno begann nach seiner Mutter zu treten, woraufhin Sergiu hinter dem Tresen vorhechtete und die beiden Jungs am Kragen packte. Gott, das war wirklich filmreif. Ein Auftritt wie in *Der unglaubliche Hulk*. Ich konnte mir gar nicht erklären, wie Sergiu auf die kurze Distanz so ein Tempo entwickeln konnte.

»So spricht man nicht mit seiner Mutter.«

Er sah wirklich einschüchternd aus. Was ich vor allem seinen kräftigen behaarten Unterarmen und seinen riesigen Pranken zusprach. Ich war ziemlich beeindruckt von diesem Auftritt. Die Kinder erstarrten, und Benno ließ Chrissi schlagartig los. Sergiu hielt die Jungs auf Armlänge von sich und sah sie finster an.

»Man hat Respekt vor seiner Mutter«, sagte er ruhig. »Merkt euch das. Einer Mutter zollt man Respekt.«

Anna und ich warfen uns einen begeisterten Blick zu.

»Ich mache jetzt in den Toiletten weiter«, informierte mich Sergiu und ließ die Jungs abrupt los.

»Okay.«

Er hatte sogar mir etwas Angst eingejagt. Kein Wunder, dass Benno und Chrissi bleich geworden waren. Sie kletterten still auf zwei Barhocker und zogen die Köpfe ein. Sergiu schnappte sich seinen Werkzeugkoffer und verschwand im hinteren Teil des Ladens.

»Mein Gott«, flüsterte Anna, »was für ein Kerl!«

Ich nickte nur.

»Wenn Julius auch nur einmal so sein könnte!«

Ich verkniff mir, darauf herumzureiten, dass Julius ein Loser war. Fiel mir aber extrem schwer.

»Wenn ich Probleme mit den Kindern habe, sagt er immer, die müsste ich schon alleine lösen. Schließlich sei ich die Mutter, also sei das meine Aufgabe.«

»Du hast immer Probleme mit den Kindern«, sagte ich.

»Ja. Und er lässt mich immer alleine damit.«

»Das würde mir zu denken geben.«

»Ich finde auch gar nicht, dass Kindererziehung nur meine Aufgabe ist«, überlegte Anna.

»Das fällt dir jetzt ein?«

»Nach der Vorstellung eben? Ja.«

Sie seufzte, hob Suki vom Boden auf und setzte sie sich auf die Hüfte.

»Wir sollten doch alle zum Katzentempel kommen«, schlug ich vor. »Vielleicht sind die Jungs ja noch eingeschüchtert. Falls nicht, könntest du ihnen immer noch mit Sergiu drohen, wenn sie nicht brav sind.«

Wir grinsten uns an.

»Gute Idee!«

#templeofcats
#kidsphobia

Auf dem Weg zum Katzentempel versuchte ich gefühlt zehn Mal Eva zu erreichen. Sie drückte mich jedes Mal weg, und am Schluss schaltete sie ihr Telefon ganz aus. Ich nahm schwer an, dass es an der Sache mit Phil lag. Eva war ja nicht dumm. Sie wusste, dass ich ihr nach dieser Aktion den Einlauf ihres Lebens verpassen würde.

Stattdessen rief mich Mika aus dem Boxclub an. Er klang schwer begeistert und erzählte irgendetwas davon, dass er seine Arme nicht mehr heben konnte und mehrere Schläge von Sergiu kassiert hatte. Ich wies ihn darauf hin, dass Schläge auf den Kopf Gehirnzellen zerstörten und dass Sergiu eigentlich um diese Zeit im Bistro arbeiten sollte.

»Der ist schon mit allem fertig!«, informierte mich Mika gut gelaunt.

Ich vermutete, dass er wieder die schnelle Silikonlösung für alles angewendet hatte, wenn er jetzt schon fertig war und meinen Freund vermöbelt hatte.

»Richte ihm doch bitte aus, ich sponsere keine weiteren Silikonpistolen«, sagte ich deshalb zu Mika, bevor ich auflegte.

Ich traf Anna vor dem Katzentempel wieder. Wir ließen Schröder bei Suki, die im Lastenrad schlief. Benno und Chrissi scheuchten wir vor uns durch die Schleuse in das Innere des Cafés und schärften ihnen noch einmal ein, sie sollten ihre Finger von den Katzen lassen. Ich traute den beiden keinen Millimeter weit.

Unsere Tanten hatten sich einen Fensterplatz geschnappt und schon eine leere Flasche Prosecco auf dem Tisch stehen. Eine Katze, die aussah wie ein Ozelot, hatte es sich auf Tante Bärbels Schoß bequem gemacht.

»Was ist mit deiner Katzenallergie?«, wollte ich von ihr wissen.

»Bärbel hat eben drei Cetirizin mit Prosecco geschluckt. Da kommt nichts durch«, sagte Maggie. »Das ist übrigens Herbert. Er hat ein Handicap.«

Sie deutete auf den Kater.

»Und wem gehört das vierte Glas?«, fragte ich misstrauisch.

»Pfarrer Drews. Der ist nur kurz auf der Toilette«, sagte Tante Bärbel.

Sie sah wirklich sehr entspannt aus. Anna beugte sich zu den Jungs hinunter.

»Benehmt euch, oder ich hole Onkel Sergiu«, hörte ich sie flüstern.

Die Jungs setzten sich ohne zu murren auf die Bank am Fenster. Es war wirklich erstaunlich, was ein finster aussehender Mann bei zwei schwer erziehbaren Jungs bewirken konnte.

»Was ist mit den Kindern los?«, wollte Tante Violetta wissen. »Sie sehen blass aus. Ich will mir nichts einfangen so kurz vor den Ferien.«

»Sie sind nicht krank«, winkte Anna ab.

»Sie hatten heute nur den sicheren Tod vor Augen«, grinste ich.

Die Bedienung kam mit einer neuen Flasche Prosecco an den Tisch, und direkt hinter ihr irrte Pfarrer Drews durch den Raum. Tante Violetta winkte ihm, bevor er die Türe zur Küche öffnen konnte. Er trug einen zerknitterten beigen Mantel und war äußerst schlecht rasiert. Er sah wieder aus wie ein Obdachloser, den man unter einer Isarbrücke aufgegabelt hatte. Meine Fantasievorstellung von uns beiden als coolem Dreamteam à la Colt Sievers und Jody Banks rückte in weite Ferne. Ich musste mir eingestehen, dass ich Pfarrer Drews etwas dynamischer in Erinnerung gehabt hatte. Wir würden ein wirklich trauriges Paar abgeben.

»Kenne ich Sie?«, sagte er zu der Bedienung, woraufhin ihn Tante Violetta eilig auf seinen Stuhl bugsierte und ihm ein Glas Prosecco in die Hand drückte.

»Warum habt ihr denn Pfarrer Drews mitgenommen?«, fragte Anna.

»Er ist Teil der Mission! Er hat ein Recht, hier zu sein.« Tante Maggie hob ihr Glas. »Auf den guten Pfarrer Drews!«

Wir prosteten Pfarrer Drews zu.

»Ich kenne Sie!«, sagte er zu mir.

Du liebe Güte. Jetzt ging das wieder los. Damit hatte er schon auf der Beerdigung meiner Mutter angefangen und der ganzen Trauergemeinde erzählt, wie ich einmal meine Barbie im Weihwasserbecken gebadet hatte. Tante Bärbel hatte ihn mühsam wieder in die Spur bringen müssen, was ihr nur so halb gelang. Er klemmte sich nach dem kleinen Intermezzo nämlich einfach die Urne mit den Swarovski-Steinen unter den Arm und marschierte an allen Anwesenden vorbei zum Grab. »Ja«, sagte ich munter, »ich bin Jody Banks.«

Meine Tanten sahen mich böse an.

»Was!« Ich starrte böse zurück.

»Sehr angenehm! Ich freue mich, Sie kennenzulernen«, sagte Pfarrer Drews und streckte mir die Hand hin. »Ich komme gerade nicht auf meinen Namen. Aber wenn Sie mir etwas Zeit geben, fällt er mir bestimmt wieder ein … jedenfalls liegt er mir auf der Zunge.«

»Kein Stress. Trinken Sie Ihren Prosecco, und alles wird gut«, beruhigte ich ihn.

»Tagesordnungspunkt Nummer eins: Wann holt ihr die Urne!«

Maggie hatte wieder eine ihrer berüchtigten Listen geschrieben. Sie schob die Lesebrille auf ihre Nasenspitze und sah mich erwartungsvoll an. Ich zuckte mit den Schultern. Jetzt, wo es so konkret wurde, hatte ich plötzlich keine Lust mehr auf die ganze Aktion. Vielleicht lag es an Pfarrer Drews derangiertem Auftreten. Ich hätte mir wirklich einen etwas dynamischeren Partner gewünscht.

»Frag doch Pfarrer Drews. Der hat bestimmt einen vollen Terminkalender.«

»Wir haben keine Zeit zu verlieren. Vielleicht werfen sie die Urne weg. Stellt euch das vor. Eveline in der Müllverbrennung!«, warf Tante Bärbel ein.

»Um Himmels willen, Bärbel!« Violetta verschluckte sich an ihrem Prosecco.

»Ich glaube, Suki ist aufgewacht. Ich hol sie schnell rein.«

Anna stand auf und schlängelte sich nach draußen. Kurz befürchtete ich, sie würde sich aus dem Staub machen und Benno und Chrissi zurücklassen. Und mich mit meinen schrecklichen Tanten. Ich könnte es ja sogar verstehen. Ich würde mich auch zurücklassen. Vor allem, wenn ich auf einem geilen Lastenfahrrad flüchten könnte. Ich sah mich mit wehendem Haar an der Isar entlangradeln. Mit Schröder und der Flasche Prosecco. Hinein ins Ungewisse.

»Morgen. Am besten, ihr bringt es gleich morgen hinter euch«, schlug Maggie pragmatisch vor. »Bärbel könnte recht haben. Und was dann?«

Morgen schon? Ich hatte das Gefühl, ich brauchte noch Monate, um mich auf diese Aktion vorzubereiten. Das war schließlich kein Spaziergang, sondern ein leicht krimineller Akt.

Ich beugte mich nach vorne.

»Ich sag euch jetzt eines. Nach dieser Aktion bin ich aus dieser Sache raus. Morgen habe ich zufällig Zeit und bin gut gelaunt genug, um das Ding mit Pfarrer Drews durchzuziehen. Überhaupt. Ich mache das nur wegen Mutter!«

Und weil ihr mir den letzten Nerv raubt. Und ich mir die jahrelange intensive Therapie, die ich bräuchte, wenn ich mit alldem fertig bin, gar nicht leisten kann.

»Du bist unser Mädchen!«, sagte Bärbel stolz. Sie wirkte reichlich angeheitert. »Du bist Eveline von allen am ähnlichsten. Deine Schwestern kommen ja eher nach ihrem Vater.«

»Vätern«, verbesserte Violetta sie. »Sie kommen nach ihren nichtsnutzigen Vätern!«

Das hieß jetzt wohl, ich kam nicht nach meinem Vater. Erleichterte mich irgendwie.

»Du hast noch Mumm in den Knochen wie Eveline! Sie war wie du, als sie jung war!«

Das war das Netteste, was ich je von Tante Violetta gehört hatte. Wobei. Aus ihrem Mund konnte es auch genau andersherum gemeint sein.

»Fragt mich danach nie wieder, ob ich irgendwelchen Bullshit für euch erledige. Ich werde es einfach nicht tun. Sobald dieser Urnenscheiß erledigt ist, ist endgültig Schluss.«

Dann will ich euch nie wieder sehen und nie wieder für irgendwelche schwachsinnigen Aktionen eingesetzt werden. Benno und Chrissi sahen mich entsetzt an, hielten aber ihren Mund. Sergiu, der Rumäne, hatte einen hervorragenden Einfluss auf die beiden.

»Mit den Kindern stimmt doch etwas nicht«, bemerkte Tante Maggie. »Sag bloß, Anna hat den beiden Ritalin gegeben.«

»Hat sie nicht!«, verteidigte ich meine Schwester.

Wir sahen ihr durchs Fenster zu, wie sie Suki vorsichtig aus dem Lastenfahrrad hob und dann Schröder über den Kopf streichelte.

»Ich habe ihr das schon vor Jahren empfohlen«, sagte Tante Violetta, »aber die Mütter von heute wissen immer alles besser.«

Anna kam mit Suki auf dem Arm zurück und ließ

sie mir auf den Schoß gleiten. Ich vergrub meine Nase in ihr feines Kinderhaar. Hatte ich noch nie gemacht, aber die Verzweiflung treibt einen zu seltsamen Handlungen.

»Was wissen Mütter von heute besser?«, fragte Anna.

»Alles«, sagte ich in Sukis Haar hinein, »zum Glück wissen die Mütter heutzutage alles besser. Sonst würden sie genauso verkorkste Psychos in die Welt schicken, wie wir es sind!«

»Nächster Tagesordnungspunkt: Fluchtfahrzeug«, unterbrach mich Tante Maggie.

»Ich habe eine Superidee. Anna leiht mir ihr Lastenfahrrad, und Pfarrer Drews sitzt vorne. Das wird der Knaller!«

Ich fand die Idee wirklich super. Ich hätte alles getan, um mal eine Runde mit dem Teil zu drehen.

»Wir hatten an Evas Mini gedacht. Der wirkt seriös und fällt nicht so auf. Am besten, du gehst nachher zu ihr und leihst ihn dir«, sagte Tante Bärbel und schenkte Pfarrer Drews Prosecco nach. »Und leih dir auch dieses gestreifte Blusending, das sie bei unserem letzten Treffen anhatte.«

Das kam überhaupt nicht infrage!

»Gibt es eigentlich etwas zu feiern?«, wollte Pfarrer Drews wissen.

»Jeder Tag ist es wert, dass man ihn feiert«, sagte Tante Bärbel und tätschelte ihm die Hand.

Ich legte mein Kinn auf Sukis Kopf und schloss die Augen. Dieser kleine Körper auf meinem Schoß wirkte plötzlich unglaublich beruhigend auf mich. Sogar mein Herzschlag fuhr herunter. Ich schreckte auf und schob

Suki auf den Schoß meiner Schwester. Jetzt machte ich mir wirklich Sorgen. Ernsthafte Sorgen um meine Psyche. Mich hatte die Anwesenheit eines kleinen Kindes noch nie beruhigt. Schon gar nicht eines der Kinder meiner Schwester. Ich hatte sie schon als Babys grässlich gefunden. Und später waren sie noch grässlicher geworden. Wobei. Dieser Geruch von Kinderhaar in Verbindung mit diesen kleinen knuffigen Fettpölsterchen überall … Scheiße, das hatte ich jetzt nicht wirklich gedacht. Ich hatte noch nie etwas Positives über Suki gedacht. Noch nie! Und das, obwohl sie mit Abstand die Netteste von den dreien war.

»Punkt drei auf der Tagesordnung. Was passiert mit der restlichen Asche?«, las Tante Maggie vor. »Wir hatten an ein kleines Beisammensein …«

»Moment!«, intervenierte ich, sofort wieder hellwach. »Das hatten wir schon! Wir hatten schon ein Beisammensein auf der Beerdigung. Und im Krematorium! Betonung liegt auf UND!«

»… an ein kleines Beisammensein am Eisbach gedacht. Ein Umtrunk und das Verstreuen der übrigen Asche. Das wäre doch nett! Danach könnten wir noch in die Nymphenburg-Bar gehen. Da war Eveline so gerne, wenn sie gut drauf war.«

Ich kippte den Rest des Proseccos hinunter. Gut dass ich Alkohol so gut vertrug. Ansonsten wäre ich meinen Tanten hilflos ausgeliefert.

#nosexnokids #noboyfriend

Ich rang wirklich hart mit mir, Lindholm nicht anzurufen. Aber natürlich konnte ich ihm unmöglich von der geplanten Aktion erzählen. Ganz unmöglich. Schlimm genug, wenn er es wieder aus der Zeitung erfahren würde. Zum Glück nahm er die Sache mit der Schweigepflicht sehr ernst. Aber selbst ich fand, dass es nicht in Ordnung war, ihn in einen solchen Gewissenskonflikt zu stürzen. Aber das war nur das eine Thema. Über das andere wollte ich selbst nicht nachdenken.

Deswegen rief ich Mika an. Ich erwischte ihn am Tresen der Bar des Boxclubs.

»Hör zu«, sagte ich, »kannst du heute vielleicht bei Sergiu übernachten?«

Aus dem Telefon drang verständnislose Stille.

»Es ist besser, wenn wir uns heute nicht sehen.«

»Für wen genau soll das besser sein?«

Ich hörte, wie Mika einen großen Schluck von seinem Bier nahm. Selbst das hörte sich bei ihm sexy an. Nur wirkliche Kerle konnten so zügig ihr Bier trinken.

Dass mich das anmachte, war wirklich ein Armutszeugnis und der Beleg einer absolut antifeministischen Erziehung. Ich war quasi geprägt auf Männer, die sich wie Männer verhielten. Das war dunkelstes Mittelalter aus feministischer Sicht. Lucinda Beckett würde im Strahl kotzen. Das konnte ich ihr niemals erzählen.

»Für uns beide«, sagte ich.

»Muss ich das verstehen?«

»Es wäre zu gefährlich.«

»Bist du krank?« Mika hörte sich jetzt wirklich besorgt an.

»So ungefähr«, wich ich aus. »Ist mehr etwas Psychisches.«

»Babe. Ich weiß doch, dass du völlig kaputt bist. Das macht mir nichts aus.«

»Du bist ein Arsch.«

»Das weiß ich auch. Ein Arsch, der zu dir nach Hause kommen will. Ich habe wirklich hart trainiert. Ich glaube, Sergiu hat mir die Nase gebrochen. Der Typ ist eine Maschine.«

Seine Stimme klang tatsächlich etwas nasal.

»Ich habe keinen Bock, bei Sergiu auf der Couch zu schlafen«, fügte er hinzu, als ich nicht antwortete.

»Verstehe. Dann schlaf doch im Bistro. Dort ist es kuschelig. Und du kannst noch ein Bier trinken, bevor du ins Bett gehst.«

»Das hört sich toll an. Aber ich muss dir unbedingt meine Verletzungen zeigen. Ich sehe aus wie Brad Pitt in *Fight Club*.«

Das war jetzt wirklich sexy. Unglaublich sexy. Ich musste mich kurz auf den Bordstein setzen. Schröder sah mich verständnislos an. Wenn er mal auf Betriebstemperatur war, konnte er wirklich zügig vor sich hin dackeln. Da wollte er dann auch nicht unterbrochen werden. Außer vielleicht von einem Pissfleck an einem Laternenpfahl. Der Asphalt fühlte sich warm unter meinem Hintern an. Ich sollte unbedingt baden gehen. Musste ja nicht der Eisbach sein. Ich sollte irgendetwas Nettes tun anstelle von Urnendiebstahl und Tantengesprächen.

»Ich brauche dringend ein heißes Bad«, machte Mika weiter, »im Bistro gibt es keine Badewanne.«

»Mika, es ist einfach nicht gut, wenn wir uns heute treffen. Ich bin in einer wirklich maroden Gefühlslage. Ich befürchte, dass schlimme Dinge passieren, wenn wir uns heute sehen.«

»Versaut schlimme Dinge?«

»Hmm.«

»Du weißt, du kannst mich mit nichts schocken. Ich bin für alles offen!«

Doch. Konnte ich. Mika wollte gar nicht wissen, was in mir vorging.

»Ich muss mir erst über meine Gefühle klar werden«, wich ich aus.

»Babe.«

»Ich brauche einen Mädelsabend.«

Mika seufzte. Im Hintergrund hörte ich das Geräusch dumpfer Schläge auf Boxsäcke. Vielleicht sollte ich mich zu einem Probetraining anmelden. So ging es nicht weiter. Ich könnte mir von Sergiu die Nase brechen lassen. Das oder Lindholm. Ich beschloss, morgen nach der Aktion mit Pfarrer Drews bei Lindholm vorbeizuschauen. Vielleicht konnte er mich irgendwo dazwischenschieben. Vielleicht würde es schon reichen, wenn er mich eine Stunde in seinem Wartezimmer sitzen und die ayurvedischen Gerüche aus seinen diversen Duftlampen inhalieren ließ.

»Ich brauche einen Mädelsabend mit Lucinda Beckett. Ich bin wirklich gestresst.«

»Du weißt, was bei Stress am besten hilft.«

»Ja. Ein Mädelsabend. Pizza. *Bridgerton. Sex and the City*. Alkohol. Masturbation.«

»Willst du zum Boxclub kommen?«, fragte Mika sanft.

»Wir könnten Sex in der Umkleide haben. «

»Ich muss noch zu Eva. Mir ihr Auto leihen. Ich kann wirklich nicht. Und ich muss jetzt auch sofort los.«

Ich legte auf, bevor er antworten konnte, und schaltete mein Smartphone auf stumm. Sicher war sicher.

#penthouse

Zwanzig Minuten später klingelte ich an Evas Wohnungstür. Es würde nicht einfach sein, ihr das Auto abzuschwatzen. Sie war vollkommen besitzfixiert. Ich konnte mich erinnern, dass sie schon Probleme hatte, ihre Barbies mit uns zu teilen. Wenn man Eva fragte, ob sie einem etwas leihen konnte, bekam man meist eine negative Antwort. Oder man bekam etwas anderes, viel Unattraktiveres, als man eigentlich haben wollte. Zum Beispiel machte ich Inselhüpfen mit einem grottigen Rucksack mit der Aufschrift »Carefree Slipeinlagen«, nachdem ich sie um ihren Trekkingrucksack gebeten hatte. Sie hatte den Rucksack bei einer Tombola gewonnen und ihn sowieso loswerden wollen.

Eva öffnete mir in einem weiteren sackartigen Blusenteil, diesmal in Weiß, und einer Gurkenmaske im Gesicht.

»Die Antwort ist nein«, sagte sie.

Ich drückte mich mit Schröder an ihr vorbei in die Wohnung und griff mir die Autoschlüssel, die auf dem Sideboard im Gang lagen. Mir war nicht nach Scherzen zumute.

»Wie soll ich morgen zur Arbeit kommen? Hmm?« Sie stemmte ihre Hände in die Seiten.

»Hör mal. Ich kann Pfarrer Drews nicht zu Fuß vom Seniorenstift abholen. Er wird sein Priesteroutfit tragen. Die denken doch, wir sind verrückt, wenn wir so durch München laufen.«

»Es gibt Unternehmen, die verleihen Fahrzeuge. Sixt zum Beispiel.«

»Willst du es lieber machen?«, fuhr ich meine Schwester an. »Willst du mit Pfarrer Drews dieses Ding durchziehen? Kein Problem! Hier sind die Schlüssel.«

Ich hielt ihr den Schlüsselbund vor die Nase. Sie verdrehte die Augen.

»Und überhaupt! Was sollte das mit Phil?«

»Was meinst du?«

»Du willst seine Spermien nicht mehr. Das meine ich. Und dass du ihm per WhatsApp die Vaterschaft gekündigt hast.«

»Ich habe jemand anderen gefunden.«

»Einen Heteromann.«

»Genau. Aber daran liegt es nicht.«

»Bist du mit ihm zusammen? Das wäre nämlich der einzige Grund, den ich als Entschuldigung gelten lassen würde.«

»Lieber Himmel, nein!«

»Wer ist es?«

Meine Schwester ließ mich im Gang stehen, lief ins Badezimmer und begann ihre Gesichtsmaske abzuwaschen. Sie ließ die Türe offen stehen. Es war wirklich ein geiles Badezimmer ohne Möbel vom Flohmarkt und angeschlagene Fliesen.

»Das geht dich nichts an«, sagte sie undeutlich, über das rechteckige Design-Waschbecken gebeugt.

»Kenne ich ihn?«

»Kaum.«

»Das heißt, ich kenne ihn!«

Lieber Gott, lass es nicht Mika sein. Wenn es Mika ist, bringe ich die beiden um.

»Cressi, es geht dich einfach nichts an. Ich habe den Vater meines Kindes wohlüberlegt ausgewählt!«

Vielleicht sollte ich sie sofort umbringen. Wenn ich ein Mensch mit etwas geringerer Impulskontrolle wäre, hätten wir beide hier ein ernsthaftes Problem. Ich setzte mich auf den Badewannenrand. Eva richtete sich auf und trocknete sich das Gesicht ab.

»Ich verstehe immer noch nicht, wieso das jetzt unbedingt sein muss«, sagte ich.

Irgendwie verstand ich es plötzlich schon. Auf einer unguten, bewusstseinsmäßig sehr tiefen Ebene.

»Seit ich dreiunddreißig bin, weist mich meine Frauenärztin bei jedem Termin auf das Thema Social Freezing hin«, sagte Eva.

»Sie hat recht. Social Freezing ist eine tolle Sache.«

»Ich will aber meine Eizellen nicht einfrieren lassen.«

»Auch gut. Warte noch ein paar Jährchen, dann ist es überstanden.«

»Verdammt, Cressi. Du redest wie Mutter!«

»Mutter hat gesagt, du sollst deine Eizellen einfrieren lassen?«

»Mutter hat gesagt, Kinder zu bekommen ist etwas für Frauen ohne selbstständiges Denken.«

Na prost!

»Sie hat gesagt, sie hätte nicht ihr Leben für uns aufgegeben, damit wir dann unser Leben für Kinder aufgeben, die sie am Ende auch noch an der Backe hat, weil wir nicht in der Lage sind, sie großzuziehen.«

Meine Mutter hatte ja so recht. Andererseits war sie tot und würde das Elend weiterer Enkelkinder gar nicht miterleben. Ich rieb mir mit beiden Händen über das Gesicht. Ich war einfach total cortisolgesteuert mit all dem Stress. Ich war zu keinem klaren Gedanken mehr fähig.

»Und wann wollt ihr anfangen mit der Umstülpmethode?«, wollte ich von Eva wissen.

»Das haben wir schon! Vorgestern. Da war mein Eisprung.«

»Hier? Ihr habt es hier gemacht?«

Sofort hatte ich Bilder von einem ekelhaften, onanierenden Typ im Kopf. Eva nickte.

»Das heißt, er hat hier …?«

»Ja. Hat er. Mit einer *Penthouse*. Ganz klassisch. Männer ticken ja so irrsinnig primitiv. Da ist einfach in der Evolution was schiefgelaufen.«

Ich wusste, was sie damit meinte. Wenn ich es mir recht überlegte, bekam das Bad nun einen ziemlich schmuddeligen Touch.

»Mit der hier?« Ich zupfte das Magazin mit spitzen Fingern aus dem Wäschekorb.

»Seit wann bist du so prüde, Cressi?«

Ich ließ die *Penthouse* in den Korb zurückfallen.

»Oh Gott, das heißt ja auch, du könntest jetzt schwanger sein!«

»Ich bin mir sogar ziemlich sicher, dass es geklappt hat. Der Typ ist unheimlich potent.«

»Und du wolltest keinen Sex mit ihm?«

Ich konnte es nicht fassen. Der Kerl, den meine Schwester zum Vater ihres Kindes auserkoren hatte, musste klug, reich und gut aussehend sein. Er musste einen Hochschulabschluss absolviert haben, fließend fünf Sprachen sprechen und in seinem Job absolute Spitze sein. Er musste einen Hammerbody haben. Wirklich Hammer. Jemand wie Jason Statham oder Daniel Craig. Mit so jemandem wollte man doch Sex haben. Zumindest für die gute Sache.

»Das ging irgendwie nicht.«

»Du meinst, ihr habt es versucht, und er hat keinen hochgekriegt?«, fragte ich sensationslüstern.

»Jetzt mach schon, dass du verschwindest!«, fauchte mich meine Schwester an und warf das Handtuch, mit dem sie sich gerade noch das Gesicht abgetrocknet hatte, nach mir. »Bevor ich dir den Autoschlüssel mit Gewalt wieder abnehme!«

#prank
#policeofficer

Ich musste mir wirklich dringend abgewöhnen, mit einem Kater aufzuwachen. Der Mädelsabend mit Lucinda Beckett hatte wahre Wunder gewirkt. Wir hatten Lillet auf Eis getrunken, ungefähr hundert Folgen *Bridgerton* geguckt und mitten in der Nacht Pizza bestellt. Mika war tatsächlich bei Sergiu über Nacht geblieben. Ich fühlte mich wieder wie ein Mensch.

Weil Lucinda Beckett nicht zur Uni musste, überredete ich sie, mit mir und Schröder zu Pfarrer Drews' Seniorenstift zu fahren.

Ich war wirklich froh, dass sie mitkam. Mir war immer noch etwas schwindelig vom Lillet, und ich war nicht wirklich scharf darauf, in diesem Zustand hinter dem Steuer von Evas Mini zu sitzen. Lucinda Beckett behauptete, ihr würde es auch nicht besser gehen, aber sie machte auf mich einen deutlich besseren Eindruck. Sie steckte Alkohol einfach besser weg.

Pfarrer Drews wartete brav vor dem Seniorenstift auf uns. Tante Maggie hatte mich als seine Enkelin angekündigt, die einen kleinen Ausflug mit ihm machen wollte. Ich fragte mich, wie es nicht auffallen konnte, dass Geistliche eigentlich keine Enkel haben konnten. Aber es hatte funktioniert. Pfarrer Drews trug eine Soutane mit Stola, was ich für etwas übertrieben hielt. Bestimmt war Tante Maggie für diesen Aufzug verantwortlich. Andererseits verlieh ihm das eine gewisse Glaubwürdigkeit.

Ich setzte ihn zu Schröder auf die Rückbank.

»Ich wusste gar nicht, dass die diese Dinger behalten dürfen«, flüsterte mir Lucinda Beckett zu. »Ist ja krass.«

Das wusste ich auch nicht. Ich war schon vor Jahren aus der Kirche ausgetreten. Ein Konglomerat aus alten Männern, die in komischen Aufzügen komische Dinge taten, war mir von Grund auf suspekt. Von allen anderen Dingen gar nicht zu reden. Mein Smartphone summte. Es war Tante Maggie.

»Habt ihr ihn?«, fragte sie anstelle einer Begrüßung.

»Der Adler ist gelandet«, sagte ich.

»Sehr gut!« Ich hörte Tante Maggie erleichtert ausatmen. »Trägt er seine Soutane?«

»Ja. Er sieht aus wie Johannes der Täufer auf dem Weg zum Jordan. Wo hat er das Gewand eigentlich her?«

»Das habe ich aus dem Kostümverleih. Ich finde, es steht ihm hervorragend!«

»Weiß er, was er zu tun hat?«, wollte ich wissen.

»Hat er bestimmt vergessen. Am besten, du gibst ihm noch mal ein kurzes Briefing, wenn ihr da seid.«

»Und das nützt etwas?«, fragte ich.

Ich hatte die Befürchtung, dass wir als Team vollkommen versagen würden. Wahrscheinlich wäre es besser gewesen, einen Schauspieler zu bezahlen.

»Ich bin wirklich zuversichtlich«, beruhigte mich Tante Maggie. »Ich hatte heute Morgen während der Meditation die Vision, dass die Urne wohlbehalten hier auf dem Küchentisch steht. Das Bild war wirklich wahnsinnig deutlich. Richtig greifbar.«

»Okay. Dann kann ja nichts mehr schiefgehen.«

Ich wollte gar nicht wissen, was sie noch alles gesehen hatte. Tante Maggie legte auf, und ich drehte mich zu Pfarrer Drews um. Er blickte gebannt aus dem Fenster. Ich hatte das Gefühl, dass er seit der Beerdigung noch weiter abgebaut hatte. Er und Schröder hatten ungefähr denselben Gesichtsausdruck.

»Ich habe jemanden kennengelernt«, sagte Lucinda Beckett unvermittelt.

»Das ist doch schön! Dann kannst du deinen Zwergenpenis verlassen!«, freute ich mich.

Ich fand, in unserem Alter musste man sich noch nicht mit Zwergenpenissen beschäftigen. Irgendwann hatte man vermutlich keine Wahl mehr. Aber die Zeit bis dorthin sollte man sinnvoll nutzen.

»Es ist kompliziert.«

Deswegen ihre schlechte Laune neulich beim Fernsehen, kombinierte ich. Komplizierte Beziehungen konnten einem wirklich den letzten Nerv rauben. Deswegen war ich so ein harter Verfechter des Singledaseins. Mikas und meine Beziehung war noch nicht einmal kompliziert, und sie raubte mir trotzdem den letzten Nerv.

Ich sah Lucinda Beckett erwartungsvoll an.

»Und weiter?«

Sie zog ein finsteres Gesicht.

»Er hält nichts von den üblichen Geschlechterrollen«, sagte sie finster.

»Oh.«

Das musste doch eigentlich komplett ihr Ding sein. Wenn jemand damit klarkam, dann Lucinda Beckett. Sie setzte den Blinker und bog in die Hochbrückenstraße ein.

»Das heißt jetzt im Detail?«

»Wir haben ständig Diskussionen, wie ich ihn behandle und wie ich ihn sehe. Also ihn als Menschen.« Sie warf mir einen kurzen Blick zu. »Diskussionen mit mir. Verstehst du? Ich bin die offenste, feministischste, rollenübergreifendste Person, die man sich vorstellen kann. Fuck. Ich hätte nicht gedacht, dass es jemanden gibt, der darüber ernsthaft mit mir diskutiert und mich hinstellt, als wäre ich ein Relikt aus den Fünfzigern.«

»Verdammt.«

»Es ist wirklich kompliziert. Vor allem der Sex.«

Das konnte ich mir vorstellen. Wenn selbst Lucinda überfordert war, musste dieser Kerl eine ganz schön harte Nuss sein.

»Man kann so unglaublich viel falsch machen!«

»Aber dir liegt etwas an dieser Beziehung«, fragte ich vorsichtig nach.

Lucinda Beckett parkte den Mini vor der Polizeiinspektion 11 und schaltete den Motor aus. Pfarrer Drews starrte noch immer regungslos aus dem Fenster.

»Es ist wirklich schlimm«, gab Lucinda Beckett zu. »Ich glaube, ich liebe Jay.«

»Jay.«

»Ja. Der Name ist genderneutral.«

»Liebe ist ein großes Wort«, sagte ich noch vorsichtiger.

»Das brauchst du mir nicht erzählen.« Lucinda Beckett legte ihre Stirn auf das Lenkrad, und ich hätte ihr um ein Haar über den Kopf gestrichen. »Ich habe den Prof abgesägt. Er hat gesagt, jetzt hätte sein Leben keinen Sinn mehr. Ich wäre das Einzige gewesen, was ihm Lebensmut gegeben hätte.«

Sie sah wirklich fertig aus.

»Männer. Ihm muss doch klar gewesen sein, dass er nur eine Affäre für dich ist!«

»Er wollte seine Frau für mich verlassen.«

Dass Lucinda Beckett Mitleid zeigte, war ein ganz schlechtes Zeichen. Sie musste gefühlsmäßig wirklich total durch den Wind sein.

»Das ist doch immer eine ganz schlechte Idee.«

»Habe ich ihm auch gesagt. Er muss schließlich an seinen Lebensabend denken!«

Ich sah etwas unbehaglich auf die Uhr meines Handydisplays. Langsam bekam ich Lampenfieber. Ich fragte mich, ob Pfarrer Drews das nicht alleine erledigen konnte. Aber die Gefahr war zu groß, dass er seinen Auftrag aus den Augen verlor.

»Was soll ich nur tun?«, fragte Lucinda Beckett dumpf.

»Du musst Jay klarmachen, dass du ihn liebst. Also ihn als Menschen«, schlug ich vor. »Du musst mit ihm reden.«

»Was tun wir hier?«, wollte Pfarrer Drews von hinten wissen.

»Wir erfüllen eine Mission«, klärte ich ihn auf.

»Wunderbar!« Seine Miene hellte sich auf. »Was ist zu tun?«

»Wir müssen eine Urne aus dem Knast holen«, sagte ich.

»Eine Urne? Das ist ja ein Ding!«

Wir betraten die Dienststelle, und der diensthabende Polizist stand sofort stramm. Es ist immer wieder erstaunlich, was Geistliche in anderen Menschen auslösen. Von Ehrfurcht bis Mitleid ist alles dabei. Ich hatte mir Pfarrer Drews auf der Türschwelle noch mal zur Brust genommen und ihm die wichtigsten Punkte der anstehenden Aktion verklickert.

Er war Pfarrer Drews.

Er musste eine Urne zum Friedhof zurückbringen.

Und zwar jetzt.

Ich dachte, das sei klar verständlich gewesen. Und leicht zu merken. Zumindest für fünf Minuten. Wie es sich herausstellte, war es das nicht. Ich hatte mir meinen ersten Satz zurechtgelegt. Das ist immer eine gute Idee, wenn man nervös ist.

»Guten Morgen«, sagte ich durch das Fensterchen zu dem überaus gut aussehenden, jungen Polizisten. »Das ist Pfarrer Drews. Wir sind hier, um die Urne abzuholen.«

Phil hatte mir erzählt, er wäre schon öfter auf der Polizeiinspektion Altstadt gewesen. Weswegen wollte er nicht näher erläutern, aber ich tippte auf kleinere Alkoholdelikte. Phil ging äußerst lax mit dem Thema Alkohol am Steuer um. Er hatte erzählt, dass die Aufenthalte jedes Mal eine echte Bereicherung gewesen wären, weil dort immer die knackigsten Polizisten abgestellt waren. Ich konnte Phils Erfahrungen nur bestätigen.

Der Polizist sah mich verständnislos an.

»Die Urne«, wiederholte der Polizist und zog die Augenbrauen nach oben.

Ich wunderte mich über mich selbst, dass ich so ruhig blieb. Normalerweise ließen Männer in Uniformen meinen Verstand aussetzen. Nicht dass ich das jemals zugeben würde. Tatsächlich gab es verdammt viele Dinge in meinem Leben, über die ich niemals mit irgendjemandem sprechen konnte. Zumindest nicht mit Lucinda Beckett, wenn ich nicht gelyncht werden wollte. Sogar vor Lindholm wäre mir die Sache mit den Uniformen irgendwie peinlich.

»Die Urne aus der Asservatenkammer«, sagte ich betont freundlich. »Pfarrer Drews muss sie in unsere Pfarrei zurückbringen. Urnen dürfen nicht in Asservatenkammern aufbewahrt werden. Das fällt unter Störung der Totenruhe.«

Was für ein Bullshit. Wenn der Kerl darauf hereinfiel, stand es um die Polizei schlimmer, als ich angenommen hatte. Ich wunderte mich allerdings, warum Pfarrer Drews so still war. Und auf einen Punkt hinter dem Kopf des jungen Polizisten starrte. Aber wahrscheinlich konzentriert er sich einfach, um alles, was ich ihm vorher eingetrichtert hatte, im Kopf zu behalten. War natürlich nicht so.

»Was ist das?«, fragte er plötzlich in seinem strengen Tonfall, den ich noch aus dem Religionsunterricht kannte.

Er deutete mit ausgestreckter Hand auf einen Nagel in der Wand. Wir sahen alle an die entsprechende Stelle. Der Polizist zuckte mit den Schultern.

»Das ist ein Nagel«, klärte er Pfarrer Drews auf.

»Da fehlt etwas!«, herrschte der den Polizisten an. »Wo ist das Kruzifix?«

»Nicht so schlimm«, ich legte ihm beruhigend die Hand auf den Arm. »Wir sind doch nur wegen der Urne hier.«

Ich hatte wirklich ein mulmiges Gefühl. Pfarrer Drews reagierte auf seiner Ansicht nach gotteslästerliche Dinge etwas empfindlich. War schon so, als ich klein war. Ich sage nur Barbiepuppe. Wie es aussah, hatte sich das im Alter noch verschlimmert.

»Was interessiert mich eine Urne!«, donnerte er los. »Unser Herrgott am Kreuz wurde entfernt!«

»Das Kreuz ist schon seit einigen Monaten nicht mehr da.« Der junge Polizist zuckte mit den Achseln. »Wegen der Religionsfreiheit.«

»Ich gebe Ihnen vollkommen recht«, meine Beine begannen zu zittern. Ich fühlte mich plötzlich, als hätte ich mehrere Nächte durchgezecht und wäre jetzt kurz vor der ultimativen Panikattacke. Kein schöner Zustand. Ich konnte mich nicht erinnern, wann ich das letzte Mal ein so grässliches Gefühl in der Magengegend gehabt hatte.

»Wir sind auch nur wegen der Urne hier. Nicht wegen eines Kreuzes. Ob hier ein Kreuz hängt oder nicht, ist völlig unwichtig.«

»Ein Kreuz an der Wand verletzt Andersgläubige in keiner Weise und zwingt sie nicht zum christlichen

Glauben!«, deklamierte Pfarrer Drews mit erhobenem Zeigefinger. »Das Kreuz verletzt auch nicht die Prämisse der Trennung zwischen Staat und Kirche, junger Mann!«

Wo Pfarrer Drews' Gehirn diese Statements ausgrub, machte mich echt platt. Da musste ganz tief drinnen ein vergessener Speicherplatz sein.

»Es wurde bei einem der letzten Polizeifeste abgenommen«, sagte der Polizist etwas eingeschüchtert. »Wegen der andersgläubigen Kollegen.«

»Das Kreuz steht für bedingungslose Nächstenliebe!«, machte Pfarrer Drews weiter. »Sind Sie ein Feind der Nächstenliebe?«

»Er meint es nicht so!« Ich hakte Pfarrer Drews ganz fest unter. »Pfarrer Drews!«, zischte ich ihm ins Ohr. »Verlieren Sie nicht unsere Mission aus den Augen!«

»Welche Mission?«, zischte er zurück.

Der Polizist starrte uns mit großen Augen an. Ich hatte die starke Befürchtung, dass er gleich den Panikknopf drücken würde, wie man es in Filmen immer sieht: Eine Sirene geht los, und man wird gnadenlos von schwarz gekleideten Sturmtrupplern niedergebügelt. Sobald der Beamte seine Hände unter die Tischplatte bewegen würde, würde ich mich aus dem Staub machen. Zur Not musste ich Pfarrer Drews zurücklassen. Ich hatte bestimmt tellergroße Schweißflecke unter den Achseln. Das musste doch auffallen.

»Also«, sammelte ich mich, »wo ist denn nun die Urne?«

»Stellen Sie sich gegen dieses Ideal? Wer sich gegen die Nächstenliebe stellt, ist kein wahrer Mensch!«

»Sorry. Er packt das einfach nicht, wenn Kreuze entfernt werden. Ist etwas Persönliches«, sagte ich.

»Ich habe keine Ahnung, wovon Sie sprechen.« Der junge Polizist beugte sich zu mir herüber, wobei er Pfarrer Drews nicht aus den Augen ließ.

»Sie wissen nichts von der Urne?«, fragte ich entsetzt.

»Hier werden keine Urnen aufbewahrt«, sagte er mit gesenkter Stimme. »Urnen werden generell nicht beschlagnahmt.«

Ich atmete tief durch. Ich hasste meine Tanten. Konnten sie sich nicht ordentlich informieren? Am besten, bevor sie einen mit einem durchgeknallten Priester zu einer Polizeidienststelle schickten? Ich ging im Kopf alle Schimpfwörter durch, die ich Tante Maggie bei unserem nächsten Telefonat an den Kopf knallen würde. Diesmal würde ich kein Blatt vor den Mund nehmen.

Aber wenn die Urne nicht hier war, wo war sie dann?

»Sprechen Sie von dem Fund im Eisbach?«, wollte der Polizist in vertraulichem Tonfall wissen.

Ich nickte. Unter normalen Umständen hätte ich jetzt daran gedacht, wie viel Spaß wir mit seiner Uniform haben konnten. Aber was waren schon normale Umstände.

»Mein junger Freund, Sie haben ein schweres Leben vor sich mit dieser Einstellung!«, sagte Pfarrer Drews mit Grabesstimme. »Ich will Ihnen keine Angst einjagen. Aber ich würde Ihnen dringend das heilige Sakrament der Beichte empfehlen.«

»Wahrscheinlich wurde sie an das Beerdigungsinstitut zurückgeschickt«, flüsterte der Polizist.

»Danke für die Information.«

Ich brachte es nicht einmal fertig, ihm zuzuzwinkern.

Mit eisernem Griff bugsierte ich Pfarrer Drews nach draußen.

»Wie war ich?«, wollte er von mir wissen.

»Pfarrer Drews, dem haben Sie es dreckig gegeben.« Ich öffnete die Tür des Minis und verfrachtete ihn ins Auto. Lucinda Beckett sah mich fragend an. Ich schüttelte nur den Kopf.

»Den Eindruck hatte ich auch!«, sagte Pfarrer Drews stolz.

#beagirlfriend
#beanaunt

Lindholms ayurvedische Duftöle mussten mich ins Nirwana geschickt haben. Vielleicht war es auch der ausgewachsene Kater, der mir immer noch im Kopf saß. Jedenfalls wachte ich davon auf, dass mich jemand sanft beim Namen rief. Es war Lindholm. Die Sonne, die hinter seinem Rücken durch das Fenster schien, ließen sein Haar hell und flusig aussehen. Kurz dachte ich, ich sei tot. Oder im Koma. Oder auf einem richtig geilen Trip.

Ich war auf seiner blütenweißen Wartezimmercouch einfach zur Seite gekippt und eingeschlafen. Ich konnte nicht ausschließen, dass ich auf die Lehne gesabbert hatte.

»Catterberg, Sie können nicht im Wartezimmer schlafen. In …«, er sah auf seine stylische Holzuhr ohne Ziffern, »fünfzehn Minuten kommt mein nächster Patient.«

»Tut mir leid.« Ich rieb mir mit beiden Händen über das Gesicht. »Kommt nicht wieder vor.«

»Was ist denn mit Ihnen los?«

Was mit mir los war? Ich hatte einen furchtbaren Vormittag hinter mir. Mit Pfarrer Drews in der Polizeiinspektion, einem sehr gut aussehenden Polizisten und Lucinda Beckett, die an einem ausgewachsenen Liebeskummer laborierte. Dass Pfarrer Drews die Sache völlig verkacken würde, war irgendwie schon vorher klar gewesen.

»Ich wollte mit Ihnen sprechen«, gab ich zu.

»Warum rufen Sie mich nicht an, so wie wir es vereinbart haben?«

Manchmal musste ich Lindholms Gesicht sehen, um mich wieder runterzubringen.

»Mein Leben ist ein Desaster«, sagte ich.

Was nichts Neues war.

»Es kommen ständig Probleme hinzu, von denen ich nicht einmal geahnt hatte, dass sie existieren!«

Jetzt, wo ich es aussprach, wurde mir die ganze Tragweite meiner Schwierigkeiten erst richtig bewusst.

»Eine Tasse Tee?«

Lindholm ging vor mir in die Hocke und hielt mir eine große weiße Tasse mit goldenem Rand vor die Nase. Das hatte er noch nie getan. Er hatte noch nie seinen heiligen Matcha mit mir geteilt.

»Danke«, sagte ich gerührt.

Das konnte nur bedeuten, dass er auch erkannt hatte, wie es um mich stand. Ich nippte an der Tasse. Der Tee schmeckte grauenhaft. Das erklärte, warum er ihn immer in die Yuccapalme kippte.

»Innere Probleme oder äußere?«

»Hören Sie mir mit äußeren Problemen auf. Davon rede ich gar nicht mehr.«

Wir hatten Pfarrer Drews zu seiner Seniorenresidenz zurückgebracht. Seine niedergeschlagene Miene, als ich ihn zur Pforte brachte, würde ich nie vergessen. Eine sehr resolute, sehr dicke Pflegerin nahm ihn in Empfang. Als sie ihn ansprach, zog er reflexartig den Kopf ein. Das war doch kein gutes Zeichen.

»Wann holen Sie mich wieder?«, wollte er von mir wissen.

Das konnte ich ihm auch nicht sagen. Nie wieder? Ich sah ihm nach, wie er der Pflegerin in seiner Soutane aus dem Kostümverleih hinterherlief. Lucinda Beckett sagte im Auto, ich hätte ja schon Schröder. Eine gute Tat genügte. Ich könne mir nicht auch noch einen dementen Pfarrer ans Bein binden. Das sah ich eigentlich genauso.

»Also ist es innerliche Zerrissenheit«, vermutete Lindholm. »Haben Sie meditiert, so wie ich es Ihnen empfohlen habe?«

»Sobald ich Zeit habe, melde ich mich bei einem Yogakurs an«, versprach ich.

Einem Hormonyogakurs. So etwas Verrücktes gab es. Aber vielleicht sollte ich lieber zum Frauenarzt und einen Hormonstatus machen. Da stimmte doch etwas nicht. Ich überlegte, wann ich zuletzt bei meiner Gynäkologin gewesen war. Ich war mit diesen Terminen etwas lasch. Vielleicht kam ich verfrüht in die Wechseljahre. Ich hatte von Frauen gelesen, die schon mit dreißig in die Wechseljahre kamen. Vielleicht war das mangelnde Interesse an anderen Männern ein Zeichen für eine Hormonumstellung. Wenn ich auf etwas keinen Bock hatte, dann darauf.

»Ich habe keine Lust mehr auf andere Männer«, gab ich kleinlaut zu.

Lindholm sah mich überrascht an.

»Seit wann?«

»Seit ich meine platonische Sexbeziehung zu Mika habe«, sagte ich.

»Hervorragend!«, freute er sich.

»Nein. Das ist nicht hervorragend. Das ist besorgniserregend! Ich hatte immer Lust auf andere Männer. Immer! Das war ja genau das Problem. Verstehen Sie? Ich arbeite an einem Problem, und dann wendet es sich ins Gegenteil.«

»In welche Richtung sollte sich Ihre Lust auf andere Männer denn entwickeln?«

»Sagen Sie es mir!«, bat ich ihn verzweifelt.

»Ich würde das Problem als gelöst bezeichnen«, sagte Lindholm.

»So einfach ist es nicht. Auf einer Skala von minus zehn bis plus zehn hätte ich mir eine Null gewünscht.«

Er sah mich fragend an. »Also nur weniger Lust auf andere Männer?«

»Ja!« Genau so war es. »Ich hätte mir gewünscht, dass ich zwar Lust auf andere Männer, mich aber besser im Griff habe.«

»Sie werden wieder Lust auf andere Männer bekommen.«

»Wie meinen Sie das?«

»Sobald Ihre Verliebtheit nachlässt. Wir zäumen das Pferd von hinten auf. Sobald Sie die erste Verliebtheit hinter sich gelassen haben, können Sie in aller Ruhe an Ihrer Kontrolle arbeiten.«

In aller Ruhe? Lindholm richtete sich auf und sah noch einmal demonstrativ auf die Uhr.

»Und inzwischen? Was soll ich inzwischen tun?«

Durchdrehen?

»Genießen Sie die Zeit mit Ihrem Freund«, schlug er vor.

Ich sah ihm nach, wie er in seinem weißen Leinenoutfit zurück in den Therapieraum schlenderte und dabei irgendwelche Mantra-Gesänge vor sich hin summte. Ich dachte ernsthaft darüber nach, endgültig einen Schlussstrich unter diese Therapie zu ziehen. Genauso gut konnte ich die *Brigitte* abonnieren, wenn ich Lust auf Beziehungstipps hatte. Dann rappelte ich mich auf und schüttete den Matcha in eine Grünlilie, die am Fenster stand.

Auf dem Weg zum Evvie's machte ich einen Termin bei meiner Gynäkologin aus. Ich bin wirklich ein Freund schneller Lösungen. Vielleicht musste ich die Pille nehmen. Oder Mönchspfeffer. Irgendetwas mit jeder Menge Phytohormonen. Granatapfel soll da ja auch helfen. Vielleicht sollte ich mir auf dem Viktualienmarkt ein paar davon kaufen.

Während ich noch mit der Sprechstundenhilfe verhandelte, sah ich einen eingehenden Anruf von Holger Schmidt. Auch das noch. Holger Schmidt war wahnsinnig penetrant. Er konnte einfach nicht akzeptieren, dass man ihn wegdrückte. Er rief sofort wieder an. Keine Ahnung, was in einer Kindheit so schiefgelaufen war, dass man derart ignorant wurde. Vielleicht lag es auch daran, dass er ein vom Feuilleton gefeierter Starautor war. Seit er den Buchpreis gewonnen hatte, nahm er sich einfach unglaublich wichtig. Und dummerweise dachte er immer noch, ich sei Eva und sie sei meine Sekretärin. Es war wirklich höchste Zeit, das mal aufzuklären.

Ich zwang die Sprechstundenhilfe, mich übermorgen zwischen zwei Termine zu schieben. Es konnte ja sein, dass ich ein hormoneller Notfall war. Dann nahm ich das Gespräch an.

»Eva!«

Ich konnte mich immer noch nicht daran gewöhnen, dass mich Holger Schmidt mit dem Namen meiner Schwester ansprach. Das war wirklich wahnsinnig irritierend.

»Warum gehst du nicht an dein Telefon?«

»Ich bin beschäftigt!«

»Mit einem neuen Autor?« Sofort wurde seine Stimme weinerlich. »Du weißt, dass ich nur auf ein Go von dir warte. Ich wechsle sofort den Verlag. Meine neue Lektorin ist eine einzige Katastrophe!«

»Ich bin mit unheimlich vielen Autoren beschäftigt«, versetzte ich.

Irgendetwas an Holger Schmidt reizte mich immer, ihm eins reinzuwürgen. Ich rechtfertigte diesen niederen Trieb damit, dass er einfach ein ganz grässliches Exemplar Mann war. Er war nur Millimeter vom Typus alter weißer Mann entfernt. Und das lag ausschließlich daran, dass er einfach noch nicht siebzig war. Aber vielleicht konnte man auch mit fünfzig schon ein alter weißer Mann sein.

»Ich muss dich unbedingt sprechen, Eva«, sagte er. »Es ist etwas Unglaubliches passiert!«

»Hast du ein zweites Surfbrett gekauft?« Er hatte nach einer Schreibkrise nämlich beschlossen, mit dem Surfen anzufangen. Als Inspiration. Die Idee stammte von mir, war aber eigentlich als Witz gemeint gewesen. Holger war begeistert. Ihm schwebte sofort ein großer Roman über wilde Lebenslust, Verführung und jede Menge Sex vor. Eine Hommage an unsere gemeinsame Nacht, an die ich keinerlei Erinnerung hatte. Sonst würde ich sie sofort vergessen wollen. Holger war ein echt krasser Fehler gewesen. Vor Mika natürlich.

»Wo bist du? Ich sitze in der Nymphenburg-Bar. Schau doch auf einen Sprung vorbei!«

Ich seufzte und sah auf die Uhr.

Ein Glas Nymphenburg-Sekt konnte den Tag nur besser machen. Quasi ein Kontersekt gegen meinen Kater und den grässlichen Geschmack von Lindholms Matcha. Meine Zunge war immer noch etwas pelzig. Außerdem war ich nur wenige Meter entfernt. Ich lief gerade am Museumscafé vorbei.

»Na gut. Bestell mir schon mal einen Sekt«, sagte ich.

Als ich ankam, stand das Glas schon auf dem Tisch. Holger hatte einen der begehrten Plätze direkt an der Wand ergattert. Er küsste mich links und rechts auf die Wange. Schröder parkte ich unter dem Tisch und schob ihm eine Kaustange zu.

»Eva, du siehst großartig aus! Der Look steht dir!«

Ich trug immer noch Evas gestreifte Bluse. Holger war wirklich ein Lügner. Niemandem konnte dieses Ding gefallen. Er drückte mir den Sekt in die Hand und stieß mit mir an.

»Eva, ich werde Vater!«, verkündete er.

»Ach was. Herzlichen Glückwunsch!«

Mir fiel wirklich ein Stein vom Herzen. Dann hätten seine Avancen vielleicht endlich ein Ende. Seine WhatsApp-Nachrichten waren kaum auszuhalten. Männer in dem Alter hatten oft wirklich kein Gefühl dafür, was sie einer Frau schreiben konnten und was nicht.

»Wer ist die Glückliche?«

»Das ist ja das Verrückte! Du wirst es nicht glauben!«

»Deine Frau!«

Er winkte ab.

»Meine Frau ist viel zu alt. Außerdem sprechen wir schon lange nicht mehr miteinander. Sie hält mich für einen narzisstischen Idioten.«

Die Frau musste den vollen Durchblick haben.

»Nicht wahr!«

»Doch. Absolut. Sie ist wirklich ein Miststück.«

Ich winkte der Kellnerin und deutete ihr an, dass sie noch zwei Sekt bringen sollte. Ich spürte ganz deutlich, wie ich mich gerade etwas beruhigte. So übel war mein Leben nicht. Gut, ich hatte die Sache mit der Urne verkackt. War aber nicht meine Schuld gewesen. Ich musste das Evvie's auf Spur bringen. Was zu schaffen war. Und ich musste Mika etwas auf Abstand halten, bis ich mir so viel Mönchspfeffer oder sonst etwas eingeworfen hatte, dass meine Hormone wieder normal liefen. Ich setzte in der Hinsicht voll auf meine Gynäkologin. Die würde wissen, was zu tun war. Das war alles zu schaffen. Dafür brauchte ich nicht einmal Lindholm. Ein kurzer Stopp in der Nymphenburg-Bar war völlig ausreichend.

»Jetzt halt dich fest, Eva! Es ist deine Sekretärin. Sie

war auf der Suche nach einem potenziellen Vater für ein Kind und dachte gleich an mich.«

Schlagartig tauchte das Bild von einem masturbierenden Holger Schmidt in Evas Badezimmer in mir auf. Ich hatte auf dem Badewannenrand gesessen. Er wahrscheinlich auch. Ich hatte die *Penthouse* in der Hand gehabt. Er auch. Gott. Eva machte wirklich vor nichts halt. Wenn ich nicht wüsste, dass wir zwei verschiedene Väter haben, würde ich sagen, wir haben zwei verschiedene Väter. Evas Vater musste ein ganz grauenhafter, berechnender Typ sein. In der Kombination mit unserer Mutter hatte das eine wirklich teuflische Mischung ergeben.

»Du sagst ja gar nichts!«

Holger rückte seine schwarzrandige Brille gerade.

»Ich bin überwältigt.«

In meinem Kopf kündigte sich eine ganz fiese Migräne an. Die Bedienung stellte den Sekt vor uns ab. Ich musste mich wirklich zurückhalten, um ihn nicht trotz der Kopfschmerzen auf Ex zu kippen.

»Sie hat mir letzte Woche eine WhatsApp geschrieben. Und ich dachte, warum eigentlich nicht? Ist doch toll, wenn ein Kind die Chance auf wirklich gute Anlagen bekommt. Es könnte zum Beispiel auch Autor werden. Oder Mediziner. Habe ich dir erzählt, dass ich früher mal Medizin studieren wollte?«

Ich konnte nur noch den Kopf schütteln.

»Ich habe wirklich unglaublich viele Talente.«

Ich fragte mich, wie sich Eva das vorstellte. Irgendwann würde doch zwangsläufig herauskommen, dass sie eigentlich ich war. Wahrscheinlich hatte sie in dem

Hormonflash während des Eisprungs nicht über die Konsequenzen nachgedacht. Abgesehen davon, dass sie ein Kind mit der doppelten Anlage zum Narzissmus bekommen würde. Eisprünge bargen ein riesiges Gefahrenpotenzial. Absolut riesig!

»Glaubst du, dass mehr Frauen Kinder von mir wollen könnten?«, überlegte Holger Schmidt.

»Willst du jetzt groß ins Geschäft einsteigen?«

Ich musste mich wirklich hart zusammenreißen, dass ich meinen Tonfall in den Griff bekam. Ich hatte so was von keine Lust, die Tante von Holger Schmidts Kind zu sein. Es würde der absolute Klugscheißer werden. Es würde schon als Säugling nerven. Solche Kinder gab es. Und ich bezweifelte, dass meine Schwester diese Anlagen in die richtigen Bahnen lenken konnte.

»Habt ihr einen Vertrag gemacht?«, wollte ich wissen.

»Ich bin ein so unkomplizierter Mensch«, behauptete er. »Deine Sekretärin will – nur als Beispiel –, dass ich mich später ganz aus der Kindererziehung heraushalte. Kann ich voll akzeptieren! Verträge sind da nicht notwendig.«

Das glaubte ich ihm sofort. Überhaupt war das doch der absolute Männertraum. Kinder zeugen, ohne später irgendeine Verantwortung zu übernehmen. Lief in den meisten Ehen so. Da musste man sich noch nicht einmal nach einem unkomplizierten Samenspender umsehen. Männer verhielten sich da generell unkompliziert. Lindholm behauptete, ich hätte Männern gegenüber eine zu negative Meinung. Ich aber sage, eine positive Meinung muss man sich erst einmal erarbeiten. Die fällt nicht einfach so vom Himmel. Die bekam man nicht geschenkt.

»Und wie war der Sex?«, fragte ich listig.

Holger Schmidt wand sich.

»Die Schwingungen zwischen uns harmonieren nicht perfekt«, sagte er, »nicht so wie bei dir und mir! Wir haben es gar nicht versucht.«

Er nahm meine Hand und drückte sie.

»Also falls du Interesse hast …«

Ich trank mein Glas in einem Zug aus und rutschte von der Bank. Gott bewahre.

»Ich bin zu allem bereit!«, fügte er hinzu.

»Weißt du, ich bin mehr so der Karrieretyp«, sagte ich und schnappte mir Schröders Leine.

Außerdem steh ich nicht so auf die Umstülpmethode.

»Falls doch, du hast meine Nummer!«, rief er mir nach. »Ruf mich an! Auch wenn du mal essen gehen willst! Oder ans Meer fahren! Was du willst!«

#thoughtsaboutchildren

Zum Glück war niemand im Evvie's, als ich dort ankam. Schröder und ich brauchten dringend ein wenig Ruhe. Schröder verzupfte sich wie immer in die Küche und legte sich flach in einen Sonnenfleck am Fenster. Ich schnappte mir Mutters Rezeptsammlung und setzte mich im Schneidersitz neben ihn. Ich strich über die Fettflecke auf den Seiten und dachte darüber nach, was ich sie gerne noch fragen würde.

Warum hatte sie drei Kinder bekommen? Obwohl sie eine wirklich durchgeknallte, schlechte Mutter gewesen war, musste irgendetwas in ihr sich Kinder gewünscht haben. Auch in den späten Achtzigern konnte man schon vernünftig verhüten. Sie musste uns also gewollt haben. Oder sie war auch das Opfer einer hormonellen Entgleisung. Aber wurde man nicht nach einem Kind klüger? Ich blätterte bis zur Mitte.

Was Kinder gerne essen.

Zwieback in Kakao.

Oh ja. Ich hatte Zwieback in Kakao geliebt. Das Frühstück, Mittagessen, Abendessen, wenn meine Mutter gute Laune hatte und null Bock auf kochen. Eine rote, kleine Schüssel, dunkelbrauner Kakao, Zwieback in kleinen Stücken. Ich konnte mich erinnern, dass man nur ein wahnsinnig kleines Zeitfenster hatte, den Zwieback zu essen, bevor er sich in Brei auflöste.

Eiernudeln.

Wohlgemerkt süße Eiernudeln. Wenn ich neue Freundinnen verstören wollte, bat ich Mutter um süße Eiernudeln. Nudeln anbraten, Ei darüber und gefühlt fünfhundert Gramm Zucker. Wer Eiernudeln mit Käse gewohnt war, flippte völlig aus von dem Zeug.

Leber mit Banane.

War ich nicht stolz drauf, aber Leber mit Banane war DAS Essen meiner Kindheit. Ich kenne niemanden, wirklich niemanden, der auch auf Innereien steht. Außer meine Schwestern, und die wurden auch von den Kochkünsten meiner Mutter verdorben.

Eine kleine Notiz am Seitenrand:

Behalt die Rezepte für deine Enkel in Erinnerung. Cressis Kinder werden Leber mit Banane lieben. Außer sie bekommt Kinder von einem Veganer. Da sei Gott vor.

Sofort schossen mir Tränen in die Augen. Mutter hatte sich Gedanken über meine ungeborenen Kinder gemacht! Dann korrigierte ich mich innerlich. Das war doch wieder so eine manipulative Bemerkung. Sie hatte gewollt, dass ich mich schlecht fühle. Diese Frau war mein Untergang.

Ich hörte vorne die Bistrotüre schlagen und legte das Kochbuch zur Seite. Ich sollte mich lieber mit Ideen für meine Speisekarte beschäftigen statt mit den Essensvorlieben von Kindern. Ich rappelte mich vom Boden hoch und setzte mich auf einen Stuhl.

»Was tust du denn hier?«

Mikas Gesicht sah furchtbar aus. Sein rechtes Auge war vollkommen blutunterlaufen. Die rechte Gesichtshälfte geschwollen. Aber irgendwie fand ich sogar das sexy. Ich stand wirklich am Abgrund. Lindholm hatte wie immer recht. Ich war in Mika verknallt. Etwas, das ich nie gewollt hatte. Sex, ja. Liebe, nein. So einfach war das.

»Ich bringe Sergiu um, wenn ich ihn das nächste Mal sehe«, verkündete ich.

»Das schaffst du nicht, Babe!« Mika setzte sich neben mich und zog mich rittlings auf seinen Schoß. »Der Typ ist unkaputtbar.«

Er küsste mich. Wenn ich überlegte, hatte ich noch nie einen Mann gekannt, der so gut küssen konnte wie Mika. Es gab ja so furchtbare Küsser, die einem die Zunge bis in den Hals steckten. Da wusste man schon, man musste es hier enden lassen. Alles andere wäre totaler Blödsinn. Nicht so Mika.

»Trotzdem. Das geht einfach nicht! Er ist mein Angestellter! Ich bin hier der Boss. Und niemand schlägt den …«, ich suchte nach Worten, »… den Toyboy vom Boss!«

Ich schob ihn von mir und strich sacht über die blutunterlaufene Stelle. Ich spürte, dass er beinahe zurückgezuckt wäre, sich aber im Griff hatte.

»Tut auch gar nicht weh«, sagte er schnell.

»Das sehe ich.«

»Okay. Es tut ein bisschen weh.«

»Vielleicht ist das Jochbein gebrochen«, überlegte ich.

»Bestimmt nicht. Ich habe mich morgen wieder zum

Training angemeldet. Da kann ich nicht mit einem gebrochenen Jochbein ankommen.«

»Also ist es nicht gebrochen. Weil du sonst nicht trainieren kannst. Du Spinner!«

Ich musste lachen.

»Wie war dein Date mit der Polizei?«, wollte Mika wissen. »Hast du die Urne?«

Ich sah ihn fragend an.

»Es bringt nichts, wenn du mir nichts von deinen kriminellen Machenschaften erzählst. Ich habe meine Informanten überall.«

»Lucinda?«

Diese Petze.

»Und? Hast du sie?«

»Nein. Und frag nicht, warum. Ich versuche gerade diese Aktion aus meinem Gedächtnis zu streichen.«

Mika stand auf, fasste mich fest um die Taille und hob mich hoch. Das liebte ich wirklich an ihm. Wenn er mich hochhob, fühlte ich mich wie eine Elfe. Obwohl ich keineswegs so zart war. Er drehte sich einmal suchend im Kreis und drückte mich dann mit dem Rücken an die Wand neben dem Fenster.

»Ist vorne abgesperrt?«, wollte ich wissen.

Mein Herz klopfte wie verrückt. Ich bezweifelte, dass ich stehen konnte, falls Mika mich losließ. Und ich konnte es nicht einmal auf den Sekt schieben. Es lag eindeutig an Mika.

»Mhm.«

»Glaubst du, Wischnewski ist zu Hause?«

»Er checkt die Videos von der Wildkamera. Ich habe ihn eben gesehen, wie er mit einer Tasse Kaffee zurück in den Keller gegangen ist. Wir sind also so gut wie safe, Babe!«

Ich schlang meine Beine um Mika. Irgendetwas in meinem Kopf brannte gerade durch. Ich überlegte, was es war, während ich Mika küsste. Es war mein Sicherheitsseil. Das brannte. Ich war drauf und dran, mich fallen zu lassen. Ich war wirklich kurz davor, eine ganz, ganz große Dummheit zu machen. Die hatte ich mein Leben lang vermieden. Ich brauchte niemanden. Ich war autark. Ich war zu chaotisch, zu egoistisch, zu umtriebig, um eine Beziehung zu führen.

Moment mal.

Das war doch die Lösung. Plötzlich war mir klar, dass Sex mit zu vielen Typen, also der Grund, weswegen ich in Therapie war, gar nicht das eigentliche Problem gewesen war. Es war nur das Symptom. Warum zur Hölle hatte mir Lindholm das nicht klargemacht? Dann wäre ich jetzt nicht hier. Mit einem brennenden Sicherheitsseil und einem Typen, in den ich mich Hals über Kopf verliebt hatte.

Ich war kein einfacher Mensch. Ganz ohne Koketterie, ich hatte manchmal das Gefühl, dass sich andere schwertaten, mich zu nehmen, wie ich war. Alleine meine Mutter. Sie hatte so viel an mir auszusetzen gehabt, dass einem ganz schwindelig werden konnte.

Lindholm verbot mir ja diese Gedanken. Aber hin und wieder drängte sich mir die Vorstellung auf, dass ich schwer liebbar war. So ähnlich wie schwer erziehbar. Oder schwer vermittelbar. Dass Mika so ernsthaft versuchte, mich zu lieben, hatte irgendetwas in mir ins Wanken gebracht.

Und dass er so gut aussah. Und unglaublich gut im Bett. Das aber nur nebenbei.

»Mika«, flüsterte ich.

»Ja?«

»Mika, ich …«

»Sag es.«

Während Mika mich mit seinem Körper gegen die Wand presste, sah er mir fest in die Augen. Da konnte man nur postwendend ohnmächtig werden. Wenn man nur einen Funken Gefühl für sein Gegenüber hegte. Ich schluckte schwer.

»Sag es einfach!«

»Mika, ich …«

Ich konnte nicht. Aber ich war so was von kurz davor. Dieser eine Satz, den ich nie sagen wollte, der lag schon auf meiner Zunge. Ich küsste Mika, und mein Kopf drehte sich. Gott, war ich verknallt in diesen Kerl.

»Mika, tu es einfach«, sagte ich.

#problemswithaunts

Ein in einer alten Dose deponierter Schlüssel vor der Wohnungstüre birgt auch Nachteile. Ich wachte davon auf, dass jemand den Schlüssel ins Schloss steckte und die Tür öffnete. Es stellte sich heraus, dass es Tante Maggie war. Sie rauschte in einem ihrer knallbunten indischen Hippieoutfits herein und knallte einen riesigen Einkaufskorb auf den Wohnzimmertisch. Ich zog mir die Bettdecke über den Kopf. Tante Maggie roch nach einer Mischung aus Räucherstäbchen und Amber, von der ich sofort Kopfschmerzen bekam.

»Cressida Catterfeld, ich sehe dich!«

Sie zog mir die Bettdecke mit einem Ruck weg. Anna und die Kinder waren schon ausgeflogen. Wenn man sie einmal brauchte, waren sie nicht da. Sie hätten Tante Maggie zumindest ablenken können, bis ich fit genug war, mich mit ihr anzulegen.

»Wir brauchen einen neuen Plan!«, verkündete sie und setzte sich zu mir auf die Kante der Couch.

»Tante Maggie, ich schlafe noch! Ich hatte gestern einen harten Tag.«

Und vorgestern und vorvorgestern. Überhaupt waren die letzten Wochen zum Abgewöhnen gewesen. Ich brauchte so was von dringend eine Auszeit. Vom nächsten Geld, das irgendwie in meine Hände gelangte, würde ich einen Urlaub auf den Malediven buchen. Oder irgendwo anders, wo mich niemand fand und einfach Schlüssel aus Dosen nahm, um bei mir einzubrechen und mich dann vollzutexten.

»Ein Jammer, dass die Urne nicht auf der Polizeidienststelle war.«

Ich setzte mich so abrupt auf, dass mir kurz schwarz vor Augen wurde. Mein Kreislauf war Tante Maggie morgens einfach noch nicht gewachsen.

»Maggie, das war absolut euer Fehler. Wer bitte hatte denn nicht ordentlich recherchiert? Und sag jetzt nicht, es wäre Pfarrer Drews gewesen!«

»Pfarrer Drews. Red nicht so einen Unsinn!«

»Also? Wer hat das verbrochen?«

Ich starrte sie so wütend an, wie ich konnte. Es war wirklich nicht leicht, Tante Maggie einzuschüchtern.

»Wir haben einfach ANGENOMMEN, dass die Urne dort ist!« Sie hatte wirklich nicht den Hauch eines schlechten Gewissens. Was typisch für diese ganze Catterberg-Bagage war. Mich eingeschlossen.

»Angenommen?«, donnerte ich los. »Ihr schickt mich samt Pfarrer Drews in einer geliehenen Soutane zur Polizei, nur weil ihr ANGENOMMEN habt, dass die Urne dort ist?«

»Jeder kann sich mal täuschen. Fehler zu machen ist völlig in Ordnung. Das habe ich in meinem letzten Achtsamkeits-Online-Seminar gelernt. Schätzchen, wir müssen jetzt einfach nach vorne blicken.«

Lucinda Becketts Zimmertüre ging einen Spalt auf, und sie streckte ihre Nase heraus.

»Was ist denn hier los? Was riecht hier so streng?«

»Das ist Tante Maggie und ihr Räucherwerk«, sagte ich genervt.

Lucinda knallte die Türe wieder zu, und man hörte es drinnen rumoren. Ich konnte nur raten, aber so wie es sich anhörte, war da jemand bei ihr im Zimmer. Und das konnte eigentlich nur Jay sein.

»So. Achtsamkeits-Online-Seminar. Kannst du vielleicht eines für logisches Denken buchen? Oder dafür, wie man nicht so ganz legale Aktionen plant?«

»Cressi! Jetzt lass mal die Kirche im Dorf. Wir haben uns geirrt. Punkt. Wir müssen jetzt lösungsorientiert denken.«

Das aus Tante Maggies Mund zu hören, ließ mich spontan auflachen.

»Okay. Ich habe die Lösung. Wir vergessen das Ganze. Fertig!«

»Weißt du, Cressida. Du warst mir von euch dreien immer am nächsten«, sagte Tante Maggie und ließ sich vor mir im Lotussitz auf dem Boden nieder.

Für ihr Alter war sie ganz schön beweglich. Ich sah sie misstrauisch an.

»Deiner Mutter ging es genauso. Sie sagte immer, die Väter der anderen Mädchen waren vielversprechender. Aber du warst ihr am nächsten. Obwohl dein Vater so ein Griff ins Klo war.«

Da sieht man es. Genetik ist eine Wundertüte.

»Sie sprach so oft von dir.«

»Tat sie nicht.«

Ich kannte meine Mutter. Sie sprach ausschließlich von sich selbst. Und wenn nicht, dann kam sie zumindest zum großen Teil in ihren Gesprächen vor.

»Ja, vielleicht«, überlegte Tante Maggie. »Erinnerungen können oft täuschen. Ich habe trotzdem das Gefühl, dass sie oft über dich gesprochen hat. Oft und sehr warmherzig.«

»Und ich habe das Gefühl, du versuchst mich dazu zu bringen, bei einem neuen verrückten Plan mitzumachen, und stellst dich dabei sehr ungeschickt an.«

»Die Bestatterin mit der Igelfrisur.« Tante Maggie sah mich beschwörend an.

Ich war für solche Gespräche um sieben Uhr dreißig morgens einfach nicht gerüstet. Dazu musste ich mindestens zwei starke Kaffee getrunken und einmal kalt geduscht haben. Ich duschte nie kalt.

»Was ist mit ihr?«

»Die mit der furchtbar schlechten Energie.«

»Ich weiß, wen du meinst.«

So viele Bestatterinnen kannte ich nicht. Der Kreis war deswegen sehr klein. Und an die Frau aus dem Beerdigungsinstitut, das wir beim Tod meiner Mutter gebucht hatten, würde ich mich immer erinnern. Immerhin hatte sie Eva bei der Urnenauswahl in einen Nervenzusammenbruch getrieben. Und ich musste meine heulende Schwester dann mühsam aus der Kundentoilette herausholen, in die sie sich eingeschlossen hatte.

»Wir haben herausgefunden, dass sie die Urne hat.« Tante Maggie legte einen sehr postapokalyptischen Unterton in ihre Stimme.

»Na logisch. Wenn die Urne zurück an das Bestattungsunternehmen gegangen ist.«

Ich ließ mich umfallen und presste mir das Kissen aufs Gesicht.

»Aber das können wir nicht so hinnehmen. Ich habe Karten gelegt. Eveline ist immer noch im Limbus.«

»Limbus«, wiederholte ich tonlos.

»Du weißt nicht, was der Limbus ist?«, hakte Maggie nach.

»Ich will es auch eigentlich gar nicht wissen.«

»Du bist die Einzige, auf die wir zählen können.«

Ich setzte mich wieder auf und schwang die Beine vom Sofa. Es war einfach nicht fair, Momente der Schwäche so schamlos auszunutzen. Ich war absolut kein Morgenmensch. Für solche Gespräche war ich frühestens um drei Uhr nachmittags fit genug. Wenn überhaupt.

»Jetzt im Ernst, Maggie. Wie war es wirklich. Hat sie denn jemals etwas Nettes über uns Mädchen gesagt? Hat sie uns mal in den Arm genommen und uns getröstet? Irgendetwas?«

Ich fragte das, weil ich einfach keine Lust mehr hatte, ständig mit meiner Mutter konfrontiert zu werden. Und das, nachdem sie eine so verdammt schlechte Mutter gewesen war.

»Hat sie sich mit diesen Männern eingelassen, weil sie uns haben wollte? Oder waren wir nur Unfälle, die sie in Kauf genommen hatte?«

Tante Maggie presste sich die Finger an die Schläfen. »Ich kann mich erinnern, dass sie dich wirklich gewollt hat«, sagte sie. »Der Typ war eine Katastrophe.

Ich habe ihr dringend davon abgeraten, mit ihm ins Bett zu gehen. Aber sie wollte ein drittes Kind.«

»Das ist doch Unsinn!«

»Ist es nicht. Ihre biologische Uhr hat getickt.«

Da konnte man sehen, was dabei herauskam, wenn die biologische Uhr tickte.

»Sie hat gesagt, sie will noch ein Baby und diesmal alles richtig machen.«

Ich ballte meine Hände zu Fäusten.

»Und warum hat sie dann nichts richtig gemacht?«

»Schätzchen. Man hat immer das Gefühl, die eigene Mutter hat versagt. Dabei tut sie immer ihr Möglichstes. Verstehst du? Mehr war ihr nicht möglich. Und wenn du mich fragst, auf ihre Art hat sie euch Mädchen geliebt.«

Wir sahen uns schweigend an. Ich war so auf tiefes Atmen konzentriert, dass ich ohnehin nichts erwidern konnte.

»Als du kamst, war sie für mindestens drei Wochen richtig glücklich. Sie packte dich in ein Babytragetuch und schleppte dich überall mit hin. Ich sehe das Tuch noch vor mir. Der Mexikaner hatte es ihr zu deiner Geburt geschickt.«

»Ich will nichts mehr hören!«

»Sie lag stundenlang mit dir auf dem Bauch im Englischen Garten. Ich weiß das, weil ich dabei war. Ich habe ihr aus *Salz auf unserer Haut* vorgelesen. Sie hat dieses Buch geliebt.«

Das konnte ich mir vorstellen.

»Sie hat dich gestillt. Obwohl es absolut nicht in war damals. Jeder hat sein Baby mit dieser schrecklichen Fertigmilch gefüttert. Ich kenne sogar Frauen, die haben ihre Babys mit Kondensmilch großgezogen. Eveline war kein schlechter Mensch. Sie hatte eben auch zu kämpfen.«

Gott sei Dank hatte ich wenigstens keine Kondensmilch bekommen. Vielleicht musste ich die Meinung über meine Mutter ein bisschen revidieren.

»Kann sein«, sagte ich.

»Trotz all ihrer Fehler, war sie doch deine Mutter.«

»Ich vermisse sie«, gab ich zu.

»Ich weiß. Wir vermissen sie auch. Aber für euch Mädchen ist es besonders hart.«

Wieder sahen wir uns schweigend an. Dann wischte sich Tante Maggie resolut über die Augen.

»Ist gut, Kind«, sagte sie. »Wir ziehen das alleine durch.«

»Was meinst du damit?«, fragte ich alarmiert.

»Na, du glaubst doch nicht, dass wir keinen Plan B haben?«

»Und der wäre?«

»Wir haben uns das Gebäude bereits angesehen. Und Schwachstellen entdeckt.«

»Tante Maggie! Ihr seid drei alte Damen! Ihr könnt nicht in ein Beerdigungsinstitut einbrechen!«

»Ja, das Überraschungsmoment ist zweifellos auf unserer Seite. Niemand wird damit rechnen. Wir werden bei abnehmendem Mond loslegen. Das ist in drei Tagen. Habe ich alles ausgependelt.«

Tante Maggie entknotete sich aus ihrem Lotussitz und kam erstaunlich geschmeidig auf die Beine.

»Alte Damen.« Sie schüttelte den Kopf. »Deine Tanten und ich sind topfit. Wir haben die nötige Lebenserfahrung und das Know-how.«

»Für Einbrüche?«, fragte ich entsetzt. »Das geht doch nie gut! Ihr werdet verhaftet und zieht uns dann auch noch mit rein.«

»Wir waren auch mal jung. Und wild. Wild sind wir immer noch.«

»Maggie. Lass gut sein. Ich denke mir was aus«, knickte ich ein.

Es war absolut unverantwortlich, die drei auf die Welt beziehungsweise auf ein nächtlich unbewachtes Beerdigungsinstitut loszulassen. Das ging einfach gar nicht. Ich musste unbedingt mit Anna und Eva reden.

»Umso besser!«, strahlte Tante Maggie.

Die Tür zu Lucinda Becketts Zimmer wurde zögernd geöffnet, und ein älterer Mann kam gefolgt von Lucinda heraus. Der Zwergenpenis, schlussfolgerte ich.

»Lasst euch nicht stören!«, sagte er munter. »Ich muss nur kurz durch, habe gleich eine Vorlesung an der Uni!«

»Sie hatten jetzt aber nicht gerade Sex mit dieser jungen Frau!«, wollte Tante Maggie wissen.

»War nur Abschiedssex«, entschuldigte ihn Lucinda Beckett. »Wir haben uns gerade final getrennt.«

»Sie sollten sich schämen«, sagte Maggie freundlich. »So ein junges Ding! Wildern Sie doch in Ihrer Altersklasse. Ich hätte zum Beispiel heute noch nichts vor. Wollen Sie meine Handynummer?«

Lucinda Beckett und ich warfen uns einen verzweifelten Blick zu. Sie hatte so ein unfassbares Glück, dass ihre Verwandtschaft in England lebte. Soweit ich wusste, hatte sie auch keine Geschwister. Und keine Tanten. Das musste wirklich entspannend sein.

Lucindas Prof überlegte einen Moment.

»Warum eigentlich nicht?«, sagte er schließlich und zückte sein Handy.

»Sie kommen mir unglaublich bekannt vor«, überlegte Tante Maggie. »Kenne ich Sie von Astro-TV?«

#brandnewlistofproblems

Die brandneueste Liste meiner Probleme:

- Urne zurückholen, ohne eingebuchtet zu werden
- Das Evvie's auf Vordermann bringen
- Mit Eva ein ernstes Wort reden, gefühlt zum hundertsten Mal
- Hormone in den Griff bekommen
- Strengstens auf Verhütung achten

Reihenfolge: völlig willkürlich

Ich konnte es kaum fassen, aber Anna war schon wieder mit den Kindern im Evvie's, als ich dort auflief. Mir bot sich ein äußerst seltsames Bild. Anna polierte seelenruhig Gläser, während Suki auf dem Boden mit Schleich-Pferden einen Ponyhof baute. Ich machte einen großen Bogen um Suki, damit ich nicht auf die Idee kam, sie hochzunehmen und an ihrem Haar zu riechen. Anna summte vor sich hin. Sergiu, der Rumäne, und die Jungs lärmten in der Küche herum. Ich hatte Anna selten so entspannt gesehen. Das letzte Mal wahrscheinlich bei einer Party kurz nach der Jahrtausendwende, auf der gekifft wurde, als gäbe es kein Morgen.

»Was geht hier vor?«, wollte ich wissen.

»Benno und Chrissi helfen Sergiu mit dem verstopften Abfluss«, flüsterte sie. »Wir sollten sie auf keinen Fall stören.«

»Ach was.«

»Er hat einen unglaublichen Einfluss auf die Jungs.«

Anna stellte das Glas, das sie eben noch poliert hatte, vorsichtig vor mich auf den Tresen. Schröder, der Benno und Chrissi in der Küche entdeckt hatte, machte kehrt und legte sich draußen vor dem Eingang in die Sonne.

»Ich wünschte mir, Julius würde das auch nur einmal so hinkriegen.«

Wir schwiegen einen Moment und hörten zu, wie Sergiu den Jungs kurze Anweisungen gab, die eigentlich nur aus Wortfetzen bestanden. Ab und zu hörten wir auch, wie die Jungs etwas fragten und Sergiu mit brummiger Stimme knapp Auskunft gab.

»Ich habe in der letzten Stunde sämtliche Gläser poliert. So etwas schaffe ich sonst nur, wenn die Kinder aus dem Haus sind.«

»Du bist scharf auf ihn«, behauptete ich.

»Ein bisschen vielleicht«, gab sie zu.

»Ein bisschen gibt es nicht.«

»Er kann wirklich gut mit Kindern«, überlegte Anna.

Das war jetzt definitiv Ansichtssache. Es gab bestimmt Leute, die das Gegenteil behaupten würden. Zum Beispiel welche mit Montessori-Hintergrund. Aber da wollte ich mich nicht zu weit aus dem Fenster lehnen.

»Und er sieht verdammt heiß aus in seinen Arbeitshosen.«

»Ich wusste gar nicht, dass du auf Arbeitshosen stehst«, grinste ich.

»Das wusste ich auch nicht!«

»Ich glaube, Sergiu hat keine Freundin«, informierte ich Anna.

Wenn sie etwas mit Sergiu anfing, war wenigstens Julius vom Tisch. Außerdem hatte Sergiu eine eigene Wohnung. Keine Ahnung, ob die Platz für drei Kinder bot, aber übergangsweise konnte man sich ja etwas einschränken.

»Also, du musst dich nicht zurückhalten!«

»Cressi, ich habe drei Kinder geboren. Wahrscheinlich will mich kein Mann außer Julius«, sagte Anna unglücklich. »Und selbst der will mich nur, weil seine Yogatante mit ihm Schluss gemacht hat.«

»Den Eindruck habe ich nicht.«

Mit dem Selbstbewusstsein meiner Schwester war es anscheinend nicht weit her. Was kein Wunder war mit diesem Idioten von Ehemann. Wer weiß, welchen Bullshit über ihren Körper er ihr eingetrichtert hatte.

»Meine Brüste hängen.«

»Weil sie riesig sind. Alles andere wäre nicht normal.«

»Meinst du, ich sollte sie verkleinern lassen?«

»Bist du verrückt? Sergiu steht bestimmt auf riesige Brüste. Damit würdest du deine Chancen empfindlich schmälern.«

»Er steht auf riesige hässliche Brüste?«, fragte Anna unglücklich. »Das tut doch niemand.«

»Schönheit liegt im Auge des Betrachters«, sagte ich

weise. »Soll ich dir sagen, was mir in meiner aktiven Tinderzeit mal passiert ist?«

Anna nickte.

»Ein Typ wollte unbedingt ein Oben-ohne-Bild von mir. Nervte richtig rum. Obwohl ich ihm klargemacht hatte, dass ich nie Nacktbilder von mir verschicke. War ein richtiger Idiot.«

»Und dann?«

»Dann habe ich ›hässliche hängende Brüste‹ gegoogelt und einen Screenshot gemacht. Der Typ war begeistert.«

Ich hatte es selbst nicht fassen können.

»Weißt du, was ich daraus gelernt habe? Das Problem ist nur in unserem Kopf.«

Ich tippte mir an die Stirn.

»In Wirklichkeit sind alle Brüste schön. Nicht nur die perfekten 75C. Also, du solltest unbedingt einen *move* machen.«

»Ach, Cressi!«, lachte Anna. »Wie soll das denn gehen. Mit den Kindern.«

»Sergiu scheint deine Kinder zu mögen«, behauptete ich.

Ganz sicher war ich mir da nicht. Aber dass die zwei noch lebten, war ein gutes Zeichen.

»Da ist übrigens Wischnewski.«

Anna deutete hinter mich. Ich drehte mich um. Wischnewski stieg gerade über Schröder, der sich keinen Millimeter bewegte.

»Ist der Hund tot?«, wollte er wissen, blieb bei Schröder stehen und stupste ihn mit dem Fuß an. Schröder rührte sich nicht.

»Ich glaube nicht«, beruhigte ich ihn, »er sieht nur oft tot aus.«

»Cressi, du musst dir unbedingt etwas ansehen, ich habe eine verdächtige Person auf meinem Videomaterial.«

#downstairs #videogames

Komischerweise hatte ich Wischnewskis Keller schon immer auf eine seltsame Art geliebt. Vielleicht lag es daran, dass ich als Baby dort in einem Wäschekorb geschlafen hatte. Das hatte er mir mal erzählt. Er hatte sich früher immer um uns Kinder gekümmert, wenn meine Mutter es nicht konnte. Oder wollte. Möglicherweise hatten meine positiven Gefühle auch nur mit der Eistruhe zu tun, aus der wir Kinder uns heimlich bedient hatten, wenn Wischnewski nicht hinsah. Ich muss dazusagen, dass sein Keller kein bisschen wie ein Psychokiller-Keller wirkte, auch wenn dort diese riesige surrende Eistruhe stand, die wahrscheinlich den Stromverbrauch eines gesamten Plattenbaus hatte, und gegen die Dunkelheit nur ein paar nackte flackernde Glühbirnen von der Decke hingen und es muffig nach alten ungewaschenen Wolldecken roch.

»Wischnewski, Sie sollten mal renovieren«, schlug ich vor. »Sergiu hat die Woche noch bei mir zu tun. Dann hätte er Zeit.«

Ich klappte die Eistruhe auf und wäre beinahe in Ohnmacht gefallen.

»Was soll das?«, sagte ich vorwurfsvoll und deutete in die Truhe. »Wo ist das gammelige Eis?«

Wischnewski hatte aufgestockt und zwar ausschließlich mit Magnum. Weiß, Mandel und Classic.

»Mädchen, man muss mit der Zeit gehen«, brüllte Wischnewski aus dem Nebenraum.

Ich hörte ein Geräusch, das sogar das Surren der Eistruhe übertönte. Ich schnappte mir ein weißes Magnum und sah nach, was es war. Wischnewskis Uraltcomputer. Vielleicht brüllte Wischnewski deswegen so. Weil er ständig gegen diese alte Kiste anschreien musste.

»Mensch, Wischnewski«, sagte ich, »was soll denn das sein? Das können Sie ja im Deutschen Museum ausstellen!«

Er zuckte nur mit den Schultern und schob mir einen Hocker hin.

»Sieh dir das an!«

Ich sah den Eingang des Evvie's. Ab und zu kam ein Passant vorbei. Eine Katze. Ich mit Schröder. Sergiu, der vor dem Evvie's rauchte. Wischnewski spulte das Video im Schnelldurchlauf weiter. Bis jetzt hatte ich noch nichts entdeckt.

»Hier. 23:39 Uhr. Verdächtige, sehr kleine Person.«

Wir beugten uns gespannt nach vorne. Das unscharfe Bild zeigte eine wirklich sehr kleine Person in einem langen gesteppten Kapuzenmantel, die vor dem Evvie's hin und her schlenderte und durch die Fenster spähte. Ausgiebig. Dazu stellte sie sich auf die

Zehenspitzen und legte die Hände an die Scheiben. Ich konnte ihr Gesicht nicht erkennen. Dazu war es zu dunkel.

»Dasselbe, nächster Tag, 24:02 Uhr.«

Wischnewski spulte weiter.

»Und dann heute Nacht um 22:32 Uhr. Ich sage dir. Diese Person führt etwas im Schilde.«

Wischnewski lehnte sich in seinem Stuhl zurück und verschränkte die Arme vor der Brust.

»Allein dieser Mantel«, sagte er nachdenklich. »So etwas trägt doch niemand im Sommer.«

»Vielleicht ist es eine sehr kälteempfindliche Person«, mutmaßte ich.

»Ein Steppmantel«, Wischnewski starrte zweifelnd auf das Standbild. »Wahrscheinlich verbirgt sie etwas darunter. Einbruchswerkzeug. Ich werde das Evvie's auf jeden Fall im Auge behalten.«

»Wie steht es eigentlich mit Ihrem Tinderprofil«, wollte ich wissen.

»Ich habe überlegt zu investieren«, gestand Wischnewski. »Ich werde mich bei Parship anmelden.«

»Ja. Bei der Partnerwahl sollte man nicht sparen«, ermunterte ich ihn.

»Ich habe ein bisschen Geld auf die Seite gelegt. Das haue ich jetzt auf den Kopf.«

»So teuer ist Parship doch auch wieder nicht«, sagte ich.

»Aber Frauen sind teuer. Sie wollen Blumen und Schmuck und zum Essen eingeladen werden. Und zwar nicht zu Pizza Hut oder in einen Burgerladen. Die wollen richtig schick ausgeführt werden.«

Wischnewski konnte hier nur von meiner Mutter reden. Das klang wirklich ganz nach ihr.

»Deine Mutter konnte einem den letzten Cent aus der Tasche ziehen«, sagte Wischnewski prompt. »Sie war einfach verrückt nach Rosen.«

»Und Sie haben ihr brav welche gekauft«, seufzte ich.

»Natürlich!«, sagte Wischnewski inbrünstig. »Ich habe deine Mutter geliebt! Ich hätte alles für sie getan. Nur um sie glücklich zu machen.«

»Nicht alle Frauen sind wie meine Mutter.«

»Genau das ist das Problem«, Wischnewski hob den Zeigefinger. »Ich werde nie wieder eine Frau wie deine Mutter finden.«

»Werden Sie nicht«, bestätigte ich.

»Werde ich nicht«, sagte Wischnewski niedergeschlagen.

»Nein, werden Sie nicht, und das ist auch gut so! Herrgott, Wischnewski, wann kapieren Sie es endlich! Sie müssen endlich aufhören, ihr nachzuweinen!«

Ich schob meinen Stuhl zurück und drückte Wischnewski einen Kuss auf die Wange. Das hatte ich noch nie getan. Aber ich hatte das Gefühl, er brauchte gerade wirklich großen Zuspruch. Ich schlang ihm meine Arme um den Hals und atmete tief sein Old-Spice-Aftershave ein. Ich sollte ihm mal etwas anderes aus der Drogerie mitbringen. Damit schlug er jede Frau in die Flucht, die näher als zehn Meter an ihn herankam.

»Ach, Kindchen«, sagte er und drückte kurz seine Wange gegen meine, »hast ja recht. Aber in diesen alten Dickschädel will das nicht mehr rein.«

Ich hasste es, wenn ich mehrere Termine gleichzeitig abarbeiten musste. Ich hatte mich mit Phil wegen der Speisekarte verabredet, ich musste meine Schwestern wegen des Bestattungsinstituts kontaktieren, und dann war da noch der Termin bei meiner Gynäkologin.

Noch mehr als einen vollen Terminkalender hasste ich es, nackt auf einem Gynäkologenstuhl zu sitzen. Ich weiß. Auch Männer sollten zum Urologen gehen und sich dann und wann die Prostata abtasten lassen. Aber mal ehrlich, wie oft kam das vor? Frauen dagegen mussten gefühlt alle drei Wochen zum Frauenarzt. Und was ist unangenehmer, als sich irgendwelche kalten Instrumente von wildfremden Personen in die Vagina einführen zu lassen? Darüber musste ich nicht länger nachdenken. Es gab fast nichts. Außer vielleicht eine Parodontosebehandlung.

Das Gute war, ich fühlte mich seit Tagen zum ersten Mal wieder so, als hätte ich keinen Kater. Was vielleicht daran lag, dass ich keinen Kater hatte. Während meine Gynäkologin Frau Erle ihre Arbeitsgeräte wieder aus meiner Vagina entfernte, nahm ich mir vor, meinen Alkoholkonsum drastisch einzuschränken. Ich würde nur noch zu besonderen Gelegenheiten trinken und nicht dann, wenn mir beispielsweise Holger Schmidt mitteilte, dass er mit meiner Schwester ein Kind bekam. In meinem zukünftigen Leben würden mich solche Nachrichten völlig kaltlassen. Was hatte ich auch für eine Wahl? Ich konnte mich verrückt machen und alkohol- oder drogenabhängig werden, oder ich konnte versuchen, all diese Dinge zu ignorieren.

»Es sieht alles sehr, sehr gut aus, Frau Catterberg«, riss mich Frau Erle aus meinen Gedanken. »Haben Sie mittlerweile schon an Kinder gedacht?«

»Um Gottes willen, nein!«

Ich rutschte von dem Gynäkologenstuhl und hüpfte auf Zehenspitzen in die Umkleide. Ein weiterer Punkt: Niemand bewegt sich gerne unten ohne nur in einem T-Shirt durch den Raum. Ich bin nicht prüde. Aber ich sehe einfach nicht gerne aus wie Jack Nicholson in *Was das Herz begehrt*. Man kann mir noch so oft erzählen, dass Gynäkologen diesen Anblick gewohnt sind. Ich will es nicht.

»Genau darüber wollte ich mit Ihnen reden. Bei mir stimmt etwas nicht. Hormonell. Ich mache mir ehrlich gesagt große Sorgen«, sagte ich und schlüpfte in meinen Slip und die Jeansshorts.

»Haben wir kürzlich mal einen Hormonstatus gemacht?«

»Nein.«

»Dann sollten wir das tun. Wenn Sie versuchen, schwanger zu werden, und es klappt nicht, kann das an den Hormonen liegen. Oder an Eierstockzysten. Die kann ich aber ausschließen.«

Ich kam komplett angezogen hinter dem Vorhang hervor und setzte mich ihr gegenüber. Sie war wirklich eine Gynäkologin wie aus dem Bilderbuch. Weißer Kittel, grau meliertes, straff nach hinten gebundenes Haar. Randlose Brille.

»Das ist es nicht. Ich habe seltsame Gefühle kleinen Kindern gegenüber«, gab ich zu.

Es fiel mir nicht leicht, das auszusprechen. Aber

wenn ich es jemandem sagen konnte, dann Frau Erle. Sie war so wunderbar kompetent.

»Welche Art von Gefühlen?« Frau Erle sah mich interessiert über ihre randlose Brille hinweg an.

»Positive. Ich ertappe mich dabei, dass ich in Kinderwagen gucke. Können Sie sich das vorstellen?«

Das war wirklich ein seltsamer Moment gewesen. Ich hatte mich, im Ernst, nach einem Kinderwagen mit einem Neugeborenen umgedreht. Während ich mit Anna vor dem Evvie's stand und mit ihr eine halbe Zigarette rauchte.

»Was war denn das jetzt?«, hatte Anna gesagt.

Ich hatte behauptet, mich hätten die Abmessungen des Kinderwagens interessiert, falls ich doch ein Müttercafé eröffnen wollte. Wollte ich natürlich nicht.

»Das ist in Ihrem Alter völlig normal«, sagte Frau Erle trocken.

Sie war wirklich eine schon fast grotesk humorlose Frau.

»In meinem Alter? Wollen Sie mir damit sagen, dass ich schnurstracks auf die Wechseljahre zurausche?«, brauste ich auf.

»Nun, ab Ihrem Alter könnte man …«

»… über Social Freezing nachdenken?«, unterbrach ich sie.

»Exakt.«

»Frau Erle, das ist nicht mein Problem. Ich fühle mich, als würden mich meine Hormone überrennen. Letztens hätte ich beinahe zu meinem Freund, der eigentlich nur eine Sexbeziehung ist, ›ich liebe dich!‹ gesagt. Ich war wirklich so knapp davor.«

Ich deutete mit Daumen und Zeigefinger ungefähr fünf Millimeter an. Gefühlt war es aber weniger gewesen.

»Mich bringt das in Teufels Küche. Am Ende zeuge ich ein Kind, während mein logisches Denken gerade von meinen Hormonen ausgeknockt wird. Und dann komme ich plötzlich zu mir. Neun Monate später. Hochschwanger. In einer Dreizimmerwohnung.«

Oh mein Gott. Mir brach bei dieser Vorstellung wirklich der Schweiß aus. Mein Leben wäre vorbei. Und das mit Anfang dreißig. Ich konnte in diesem Moment ganz stark nachfühlen, was in meiner Mutter vorgegangen war. Wahrscheinlich hatte sie sich in demselben Dilemma befunden. Womöglich waren diese Gefühle tatsächlich genetisch bedingt.

»Haben Sie schon über eine Therapie nachgedacht?«

Frau Erle sah mich mit ihrem rationalen Gynäkologinnenblick an.

»Wollen Sie mich auf den Arm nehmen? Ich bin seit Jahren in Therapie. Aber mein Therapeut nimmt mich nicht ernst. Wenn ich ihm erzähle, dass ich mir vielleicht am Rande des Möglichen ein Kind wünschen könnte, gratuliert er mir am Ende noch.«

Das würde Lindholm ähnlich sehen. Ich würde den Teufel tun und dieses ganze Elend vor ihm ausbreiten. Nur damit er sich vor Freude die Hände reiben konnte, weil ich mich immer tiefer in diese Beziehungskiste ritt.

»Ich brauche irgendetwas, das mich hormonell wieder ins Lot bringt. Und ich glaube, etwas Pflanzliches reicht nicht aus.«

Ich hatte mich schon durch das komplette Mönchspfeffersortiment gescrollt. Seither bekam ich Werbung von Gleitsichtbrillen und Inkontinenzunterwäsche aufs Handy.

»So habe ich es nicht gemeint, Frau Catterberg. Ich meinte: Haben Sie schon über eine Therapie nachgedacht, um Ihre Bindungsängste zu bearbeiten?«

»Jetzt fangen Sie nicht auch noch damit an.«

»Ich bin Ihre Gynäkologin und keine Therapeutin. Aber Ihre Angst vor Beziehungen und Kindern würde mir Sorgen machen.«

»Also verschreiben Sie mir nichts gegen …?«

»Gegen was?«

Frau Erle lehnte sich in ihrem Stuhl zurück und sah mich abwartend an.

»Hormonunregelmäßigkeiten. Gefährliche Schwankungen. Irgend so etwas«, schlug ich vor.

Frau Erle antwortete nicht, sondern zog nur die Augenbrauen nach oben.

»Vielleicht die Pille?«, fragte ich nach.

»Ich habe in meinen Unterlagen notiert, dass Sie die Pille nicht vertragen. Und dass Sie zu wechselnden Geschlechtspartnern tendieren und deswegen mit Kondom verhüten.«

Das knallte. Sie hatte recht. Mit beidem.

»Sprechen Sie mit Ihrem Therapeuten«, sagte Frau Erle freundlich, »und entspannen Sie sich.«

#missingpriest

Keine Minute nachdem ich ziemlich angepisst die Arztpraxis verlassen hatte, klingelte mein Smartphone. Ich kannte die Nummer nicht, und normalerweise nahm ich solche Anrufe gar nicht erst an, weil ich keine Lust hatte, dass mich irgendein Typ von einer Versicherung oder Teleshopping zutextete. Aber diesmal blieb ich stehen und nahm den Anruf entgegen. Ich hatte wirklich große Lust, jemanden anzuschnauzen.

»Catterberg!«

»Hier das Marienstift. Spreche ich mit Pfarrer Drews' Enkelin, Cressida Catterberg?«

»Wer hat Ihnen meine Nummer gegeben?«

»Ihre Tante Margarethe Catterberg hat mir freundlicherweise Ihre Nummer gegeben. Es geht um Ihren Großvater.«

Tante Maggie machte mich langsam wirklich wütend.

»Er ist abgängig. Seit circa drei Stunden.«

»Er ist was?«

Ich setzte mich vor die Praxis auf die Stufen und klemmte mir das Smartphone zwischen Ohr und Schulter, während ich in meiner Tasche nach Zigaretten suchte. Ich war ja eigentlich voll weg von dem Zeug. Aber manchmal gingen mir einfach die Nerven durch. Ich förderte eine aufgerissene Packung Kaugummis, Hundeleckerlis, Hundekackbeutel, Schminkutensilien und eine Handvoll Haargummis zutage. Aber nichts, was mich gerade irgendwie aufrichten konnte. Nicht einmal angelutschte Schokolade oder stimmungsaufhellende Pillen.

»Er hat das Stift verlassen und ist bisher nicht zurückgekommen. Und Sie wissen ja, wie es um seinen Geisteszustand bestellt ist.«

»Ja, das weiß ich. Aber Sie anscheinend nicht, wenn Sie einen alten, dementen Mann entwischen lassen«, sagte ich böse.

»Er ist aus dem Fenster gestiegen«, entschuldigte sich die Frau am anderen Ende der Leitung.

»Und warum rufen Sie dann mich an.«

»Sie sind seine einzige Angehörige. Wir dachten, vielleicht wissen Sie, wo er sich aufhalten könnte.«

Ich fragte mich ernsthaft, was in diesen Leuten vorging. Allein, dass ich nicht seine Enkelin sein konnte. Weil Geistliche keine Enkelinnen hatten. Und wenn ich schon seine uneheliche Enkelin war, konnte ich nicht seine einzige Angehörige sein, wenn es noch eine Tante Maggie gab, die fröhlich meine Telefonnummer verteilte.

»Wissen Sie es?«

»Nein. Weiß ich nicht.«

Und wenn ich es wüsste, würde ich es Ihnen nicht sagen.

Ich hatte den Verdacht, dass diese Marienstiftler

ganz grässliche Menschen waren. Wenn Pfarrer Drews auf der Flucht war, musste das einen Grund haben.

»Nun. Wir wollten Sie nur davon in Kenntnis setzen, dass wir die Sache der Polizei melden müssen.«

»Tun Sie das.«

Ich legte auf. Mein Telefon summte sofort wieder. Eine WhatsApp von Mika.

»Wie war es beim FA?«

Ich biss mir auf die Lippen.

»Ich bin zu Hause. Niemand ist da. Dein Bett ist frisch bezogen. Haben wir ein Date?«

Oh nein. Ich war nicht bereit dazu. Ich nahm mir vor, noch einen Stopp bei der Drogerie einzulegen und sämtliche Präparate, die irgendwie mit weiblichen Hormonen zu tun hatten, zu shoppen. Selbst wenn sie nur einen Placeboeffekt hatten.

Dann eine WhatsApp von Anna und eine von Eva. Sie waren beide im Evvie's und warteten auf mich. Und Schröder hatte vor Stress in die Küche gekotzt. Weil ich ihn nicht mitgenommen hatte. Ich schnallte mir meine Handtasche um und schlug den Weg Richtung Bistro ein. Ich war sicherlich kein guter Mensch. Oft war ich eher eine menschliche Katastrophe, und mein Mitleid für meine Mitbürger hielt sich in Grenzen. Aber etwas an der Sache mit Pfarrer Drews triggerte mich. Und ich hatte eine vage Idee, wo er sein konnte.

Mein Traum war Wirklichkeit geworden. Ich radelte mit Annas Lastenrad die Isar entlang. Schröder saß vergnügt vor mir und ließ seine Zunge und seine Ohren wehen. Mein Haar wirbelte im Fahrtwind, und die Sonne schien auf meine nackten Arme und Beine. Es war ein ziemlicher Act gewesen, Anna das Rad abzuschwatzen. Aber dass Pfarrer Drews' Rettung sie schließlich nicht kaltlassen konnte, war einfach ein Totschlagargument. Und ich hatte ihr versprochen, auf die Kinder aufzupassen, während sie Sergiu, den Rumänen, datete. Nicht dass es dafür schon einen Termin gab. Aber Anna war kurz davor, ihn zu fragen.

Ich war so gehypt von dem Fahrgefühl, dass ich genauso unterwegs war wie diese Rentner, die einen immer halb niederbügeln, weil sie so ein irres Tempo mit ihren E-Bikes draufhaben. Ich konnte sie absolut verstehen. Wenn es mich schon so flashte, dann musste ein E-Bike ab dem siebzigsten Lebensjahr der totale Adrenalinkick sein.

Schröders Gewicht in der Transportkabine machte das Manövrieren des Rades etwas schwierig, was mich nicht davon abhielt, noch einen Zacken zuzulegen. Ich hatte die Vermutung, dass Pfarrer Drews entweder auf dem Friedhof oder in der Kirche seiner Pfarrei zu finden war. Man sagt ja über demente Personen, dass die Erinnerung an Dinge, die weit in der Vergangenheit liegen, noch ganz gut war, während das Kurzzeitgedächtnis immer mehr nachließ.

Gut zwanzig Minuten später schlingerte ich mit dem Lastenrad durch das Friedhofstor. Ich war eine phänomenale Zeit gefahren. Ich parkte beim Eingang und leinte Schröder vorsichtshalber an, weil es auf Friedhöfen oft vor Kaninchen wimmelte und Schröder schon mit der Nase am Boden lief. Es war mir egal, dass Schröder eigentlich nicht mit auf den Friedhof durfte.

Die Sonne flirrte über den Gräbern. Ich umrundete den Friedhof und hielt Ausschau nach Pfarrer Drews' magerer Gestalt. Seit der Nacht nach Mutters Beerdigung, als ich ihre Urne ausgegraben hatte, war ich nicht mehr hier gewesen. Wenn ich auch immer gesagt hatte, dass es keinen Sinn machte, ein Grab zu besuchen, wurde mein Herz seltsam schwer. Ich war einfach nicht der Typ für Trauerarbeit. Ich war Team Verdrängung. Und hey, es lief prima damit.

Mein Smartphone summte schon wieder. Ich blieb unter einer ausladenden Linde stehen und wischte mir mit dem Handrücken den Schweiß von der Stirn.

»Catterfeld, was ist mit Ihnen los?«

Lindholms sanfte Stimme an meinem Ohr brachte mich fast zum Heulen.

»Was soll los sein?«

»Sie haben heute noch nicht angerufen.«

»Ich bin auf dem Friedhof.«

»Das halte ich für eine gute Idee. Stellen Sie sich Ihrer Trauer.«

Ich kniff die Augen zusammen. War das da drüben Pfarrer Drews in seine Soutane aus dem Kostümverleih?

»Ich stelle mich nicht meiner Trauer. Ich … ach, vergessen Sie´s!«

»Sie sind auf einem guten Weg.«

Ich hörte, wie Lindholm in seinen Tee pustete. Mir war schon immer ein Rätsel gewesen, wie es Leute geben konnte, die bei diesen Temperaturen Tee tranken. Und keine eisgekühlte Cola. Oder einen Spritz. Die Theorie, dass heißer Tee kühlte, hielt ich für pures Wunschdenken.

»Wollen Sie noch einmal über Ihren beginnenden Narzissmus sprechen?«, wollte Lindholm wissen.

Er wusste wirklich immer, wie er mich aufheitern konnte. Selbst in Situationen, in denen mich fast die Trauer um meine Mutter überwältigte, fand er die passenden Worte. Ich schluckte meine Tränen entschlossen hinunter.

»Lindholm«, sagte ich, »ich bin doch nicht bescheuert! Das ist das Letzte, worüber ich sprechen will. Ich mache doch nicht noch einen Sack auf.«

Darüber hatte ich tatsächlich nachgedacht. Ich hatte beschlossen, kurzerhand alle Probleme, die nicht wirklich ausgereift waren, einfach zu ignorieren. Das halbierte meine Liste schon einmal.

»Hmmm«, machte Lindholm.

Er klang nicht wirklich überzeugt.

»Wissen Sie, wovon ich manchmal träume?«, fragte ich ihn.

Statt einer Antwort schlürfte Lindholm seinen Tee.

»Diese Leute, die Sozialhilfe bekommen und ihr Haus kaum mehr verlassen«, sagte ich und sah zu der Gestalt hinüber, die eindeutig Pfarrer Drews war, »außer um sich ein paar Dosen Bier von der Tanke zu besorgen.«

Er umrundete gemessenen Schrittes ein Grab und setzte sich dann vorsichtig davor auf den Boden. Ich seufzte innerlich.

»Das muss wahnsinnig entspannend sein. Manchmal wünsche ich mir, mein ganzes restliches Leben auf einem abgefuckten Polstersessel zu verbringen. In einem Plattenbau am Stadtrand mit einem Fernseher und den Kühlschrank voller Junkfood. Ich könnte mir nachmittags Talkshows ansehen und mit einem völlig verfetteten Chihuahua um den Block ziehen.«

»Sie wollen sich Ihrer Verantwortungen entledigen.«

»Bingo! Das ist es, Lindholm. Dieser ganze Verantwortungsquatsch steht mir Oberkante Unterlippe. Wissen Sie was? Ich eröffne in ein paar Tagen das Evvie's. Obwohl ich hinten und vorne nicht bereit bin! Ich bin so ausgebrannt, dass ich nicht einmal mehr Bock auf meinen Insta-Account habe. Wegen der Verantwortung.«

Was wirklich ein absolutes Novum war. Ich war schließlich abhängig von dem Zeug. Seit irgendein Idiot auf die Idee gekommen war, diesen Kanal zu öffnen, war ich Junkie.

»Ich halte es im Kopf nicht aus, dass ich die Community mit irgendwelchem Content unterhalten soll.«

»Dann tun Sie es nicht«, sagte Lindholm ruhig.

Ich konnte mir direkt vorstellen, wie er in seiner Praxis saß, mit übergeschlagenen Beinen, und ins Leere blickte.

»Sie tun es doch auch!«

»Ich teile meine Glücksmomente«, klärte mich Lindholm auf. »Damit will ich niemanden unterhalten oder belustigen.«

»Ich habe in der letzten Woche mindestens hundert Follower verloren, weil ich nicht ständig Storys gepostet habe. Das kann ich mir nicht leisten.«

Gerade jetzt, wo das Evvie's kurz vor der Eröffnung stand, konnte ich jede Werbung brauchen. Wenn ich weiter meinen Account vernachlässigte, würden sich meine Follower bald halbieren.

»Ich hatte einfach keine Zeit dazu. Und keine Lust. Ich habe nicht einmal mehr Lust, It-Girl zu werden. It-Girl zu sein, ist bestimmt der Superstress. Das bringe ich nicht unter.«

Ich konnte nicht gleichzeitig It-Girl sein und demente Geistliche auf Friedhöfen aufspüren. So lief das nicht. Als It-Girl musste man Prioritäten setzen, und die hießen, Klamotten, Kosmetik und Alkohol mit Kohlensäure. Tanten, Schwestern und abgeranzte Bistros hingegen kamen darin nicht vor.

»Ich habe keine Lebensperspektive mehr.«

»Sie sollten auf Ihre innere Stimme hören, Catterfeld.«

»Bloß das nicht!«

Meine innere Stimme wollte Kinder zeugen. Sie war kein vertrauenswürdiger Berater. Sie war mein Untergang!

»Haben Sie sich Ihren Termin übermorgen notiert?«

Dafür liebte ich Lindholm. Er sorgte sich um mich. Er kannte mich so gut, dass er wusste, ich würde den Termin verpennen.

»Natürlich!«, log ich ihn an.

»Machen Sie bis dahin diese Übung: Stellen Sie sich Ihre innere Stimme als ständigen Begleiter vor.«

»Okay«, sagte ich zweifelnd.

»Als jemanden, der ständig neben Ihnen geht. Ein kleines Selbst, das auf Ihrer Schulter sitzt.«

»Das wäre mir unangenehm. Eine Horrorvorstellung. Jemand, der mich ständig volltextet! Vor allem ich selbst. Wissen Sie, was ich meine? Wenn, dann könnte ich einen schweigenden Zwerg tolerieren. Robert de

Niro in *Der Pate*. Der sagt kaum etwas. Ich könnte mich selbst nicht …«

»Catterberg!«, fuhr mich Lindholm an.

Ich klappte erschrocken den Mund zu. Das hatte er noch nie gemacht. Aber eigentlich logisch, dass auch ihm manchmal der Geduldsfaden riss.

»Versuchen Sie es einfach.«

#priestsandmothers
#barista

Ich hatte wirklich Bedenken, dass Pfarrer Drews einen Hitzschlag bekommen würde, wenn er weiterhin in der prallen Sonne vor dem Grab meiner Mutter saß. Vorsichtig setzte ich mich neben ihn, nachdem ich Schröder im Schatten eines mächtigen Granitgrabsteines geparkt hatte.

»Cressida Catterfeld«, sagte Pfarrer Drews.

Anscheinend hatte er einen lichten Moment.

»Hier ruht deine Mutter Eveline«, klärte er mich auf.

Ich nickte. Ich wollte ihn nicht unnötig aufregen und ihm erzählen, dass sie keineswegs mehr hier ruhte, sondern halb in der Isar dümpelte und halb im Beerdigungsinstitut in einer verbeulten Urne ausharren musste.

»Deine Mutter wollte den Namen deines Vaters nicht annehmen«, sagte er nachdenklich. »Es war eine sonderbare Hochzeit.«

»Heutzutage völlig normal«, merkte ich an.

Abgesehen davon, dass ich niemals heiraten würde,

würde ich im Fall einer unvorhergesehenen Heirat auch nicht Mikas Namen annehmen.

»Sie wollte den Namen nicht und war hochschwanger. Deine Großmutter zwang sie zu einer kirchlichen Hochzeit. Sie war eine sehr gläubige Frau.«

Ich hatte meine Großmutter nicht kennengelernt. Sie war gestorben, bevor ich geboren wurde. Aber wenn sie meine Mutter zu irgendetwas zwingen konnte, musste sie ein wahrer Teufel gewesen sein.

»Deine Mutter war eine Versuchung!«

Ich sah Pfarrer Drews von der Seite an.

»Jetzt sagen Sie nicht, dass Sie auch mal was mit ihr hatten!«

»Nein. Aber gewollt hätte ich. Keine Frage. Eveline sprach auf ihrer Hochzeit kein Wort. Sie sagte nicht einmal ›Ja‹ bei der Zeremonie. Ich überging es, und die Gäste dachten, sie hätte Ja gesagt, aber so leise, dass es niemand gehört hatte. Nur dein Vater und ich wussten, wie es wirklich gewesen war.«

Das klang nach meiner Mutter. Wer weiß, ob sie überhaupt hatte heiraten wollen. Ich fragte mich, ob ich aus dieser Frau jemals schlau werden würde. Vor allem, nachdem ich sie nichts mehr fragen konnte.

»Sie werden im Marienstift vermisst«, sagte ich.

»Wo?«

»In der Seniorenresidenz.«

Pfarrer Drews schüttelte den Kopf und beugte sich nach vorn, um an das Weihwassertöpfchen zu kommen. Er verteilte sehr gewissenhaft ein paar Spritzer auf das Grab.

»Sagt mir nichts. Habe ich dort eine Letzte Ölung?«

Ich atmete tief ein und wieder aus.

»Nein, haben Sie nicht.«

»Eine Messe? Ich lese keine Messen in Seniorenresidenzen. Das strengt mich zu sehr an. Wenn ich laut sprechen muss, werde ich heiser.«

»Sie wohnen dort«, sagte ich. »Die machen sich irre Sorgen um Sie. Wahrscheinlich werden Sie schon übers Radio gesucht.«

Älterer verwirrter Herr in Soutane. Kann handgreiflich werden. Bitte sofort bei der nächsten Polizeidienststelle melden.

»Oh nein«, sagte Pfarrer Drews, »das wüsste ich.«

»Ähm.«

»Cressida, du hast mich früher schon oft reingelegt«, behauptete er, »aber du warst trotzdem ein bezauberndes Kind.«

Das hatte ich befürchtet. Sein Verwirrungszustand setzte wieder ein. Ich überlegte, ob ich im Marienstift Bescheid geben sollte, dass ich ihn gefunden hatte. Aber irgendetwas hielt mich davon ab.

»Du warst deiner Mutter so ähnlich. Nicht nur äußerlich. Auch vom Wesen.«

»Ich werde Sie jetzt zurückbringen«, sagte ich. »Ist einfach besser so. Spätestens in fünf Minuten werden Sie sich wahrscheinlich nicht mehr daran erinnern, wer ich bin.«

»Sei nicht albern, Cressi! Wer einen im Religionsunterricht so gepiesackt hat, den kann man nicht vergessen.«

»Das tut mir leid.«

Mir tat das wirklich leid. Vermutlich war ich kein

zauberhaftes, sondern ein sehr anstrengendes Kind gewesen.

»Alle Kinder sind Kinder Gottes!«, sagte Pfarrer Drews salbungsvoll. »Sie sollen unsere Hoffnung und unser Leben sein!«

»Damit haben Sie mich, Pfarrer Drews«, sagte ich.

Es brauchte einige Überzeugungsarbeit, bis Pfarrer Drews freiwillig seine Soutane auszog und mir übergab. Zum Glück trug er darunter Hemd und Hose. In seiner Verkleidung wäre es mir einfach zu riskant gewesen, mit ihm durch München zu gondeln. Wer weiß, was diese Leute aus der Seniorenresidenz schon angezettelt hatten, und ich wollte nicht riskieren, dass mich die Polizei aus dem Verkehr zog, weil ich einen flüchtigen Geistlichen transportierte. Ich setzte ihn zu Schröder in das Lastenrad und radelte zurück zum Evvie's. Es machte mich irgendwie froh, Pfarrer Drews' kleinen, halb kahlen Kopf vor mir zu sehen, wie der Fahrtwind durch sein schütteres weißes Haar strich und er aufmerksam nach links und rechts blickte.

Dieses Mal ließ ich mir mehr Zeit. Wahrscheinlich durfte ich mir Annas Lastenrad nie wieder leihen, da wollte ich die Fahrt so richtig auskosten.

Als ich in die Fallmerayerstraße einbog, sah ich, dass Anna und Eva zwei Tische und einige Stühle vor das Evvie's gestellt hatten und in der Sonne Kaffee tranken. Auch wenn meine Schwestern im Doppelpack eine ziemlich explosive Mischung waren, sah das Szenario richtig friedlich und gemütlich aus. Ich nahm mir vor, noch ein paar Bäumchen in Töpfen anzuschaffen. Und vielleicht eine Wimpelkette. Aber solchen kitschigen Schnickschnack musste ich wahrscheinlich erst mit Phil absprechen.

»Die Siebträgermaschine ist geliefert worden!«, sagte Anna. »Mika ist drinnen und produziert Kaffee am laufenden Band. Jetzt hat er es raus. Der Kaffee schmeckt super!«

Ich stellte das Rad ab und half Pfarrer Drews und Schröder aus der Transportkabine.

»Was machst du jetzt mit ihm?«, wollte Eva wissen und deutete auf ihn.

Ich zuckte mit den Schultern.

»Ich besorge uns erst mal Kaffee«, kündigte ich an und schob Pfarrer Drews einen Stuhl hin.

Er setzte sich, legte den Kopf in den Nacken und ließ sich die Sonne ins Gesicht scheinen. Ich setzte ihm meine verspiegelte Sonnenbrille auf die Nase.

»Steht Ihnen«, sagte ich und hob den Daumen.

Im Evvie's roch es so gut nach Kaffee, dass ich kurz die Augen schließen musste und mir vorstellte, wie es sein würde, wenn ich morgens aufsperrte und den ersten Gästen Kaffee aus meiner wunderbaren Maschine servierte. Als ich die Augen wieder öffnete, fiel mein Blick als Erstes auf Mikas breiten Rücken in einem weißen Hemd. Ich war wirklich froh, dass er entgegen seinen sonstigen Gewohnheiten ein Hemd trug.

»Kann ich dich einstellen?«, fragte ich, schlang von hinten meine Arme um ihn und legte meine Wange an seinen Rücken. Er fühlte sich warm an, und ich konnte unter seinem Hemd seine Bauchmuskeln spüren.

Mika lachte.

»Du musst mich sogar einstellen«, sagte er. »Ich bin der Einzige, der mit dieser Kaffeemaschine zurechtkommt.«

»Sie war echt günstig«, gab ich zerknirscht zu, »dafür, dass sie so ein geiles Teil ist.«

»Vermutlich war. Sie hat ein paar Macken. Sie ist wie ein nicht zugerittenes Pferd. Immer am Durchgehen. Du wirst mich noch anflehen, dass ich dein Barkeeper werde.«

»Mein Barista«, korrigierte ich ihn.

»Noch besser.«

»Du riechst wie ein starker Espresso«, behauptete ich.

»Und wie findest du das?«

»Sexy! Ich stehe total auf Kaffee. In allen Variationen.«

»Was für ein Glück.«

Mika drehte sich zu mir um und küsste mich.

»Dein Auge ist besser geworden. Wo ist Sergiu?«

»Drüben bei Wischnewski. Keine Ahnung, was die beiden wieder aushecken.«

»Ich hoffe, sie kommen nicht auf irgendwelche dummen Ideen wegen Wischnewskis Wildkameraaufzeichnungen.«

Das hoffte ich wirklich. Ich hatte keine Lust, dass sie sich zusammen auf die Lauer legten, um den vermeintlichen Kloschüsseldieb zur Strecke zu bringen. Keine Ahnung, ob der das bei Sergius Durchschlagskraft überleben würde. Ich wollte lieber Gras über die Sache wachsen lassen. Wenn Sergiu irgendjemanden zur Strecke brachte, konnte das nur großen Ärger bedeuten.

Und es war bestimmt nicht gut fürs Geschäft, wenn vor dem Evvie's ein Winzling im Steppmantel umgenietet wurde. Das schreckte bestimmt ab.

»Er hat Annas Kinder mitgenommen.« Mika zog eine Augenbraue nach oben.

Und ich hatte mich schon gewundert, warum es hier so friedlich war.

»Sergiu ist wirklich ein Teufelskerl. Er kann sogar mit Annas Kindern umgehen«, sinnierte ich. »Wischnewski hat recht. Sergiu hat wirklich unfassbare Qualitäten.«

»Cappuccino oder Latte macchiato?«, wollte Mika wissen.

»Wir sollten fragen, ob die Wohnung über dem Bistro vermietet wird«, sagte ich und biss mir sofort auf die Zunge. Wieso musste ich immer alles laut aussprechen, was mir halb ausgegoren durch den Kopf ging. Vor allem, wenn es um Dinge wie Zusammenwohnen ging. Die konnten gar nicht lange genug überdacht werden. Weil: Kaum saß man zusammen in einer eigenen Wohnung, war das Elend vorprogrammiert. Dann musste man die Familie des anderen kennenlernen. Dachte ich. Wobei Mikas Familie zumindest in Griechenland lebte und nicht gleich um die Ecke. So wie meine.

Mika sah mich überrascht an.

»Hast du das eben gesagt, oder habe ich mir das eingebildet?«, wollte er wissen. »Aber ich denke, du hast es gesagt.«

»Was habe ich gesagt?«

»Dass wir uns um die Wohnung über dem Bistro kümmern sollen«, wiederholte Mika.

»Ach was, das habe ich nicht gesagt.«

»Doch, hast du.«

»Bist du dir sicher, dass du von Sergiu keinen Schlag auf die Ohren bekommen hast?«

Ich drückte mich von ihm weg, doch Mika zog mich sofort wieder an sich. Es hat auch Nachteile, wenn man einen Freund mit überdurchschnittlich viel Muskelmasse hat. Wenn die Vorteile auch sonst überwogen.

»Willst du über das Bistro ziehen?«, bohrte er weiter. »Ist das dein Ernst?«

»Vielleicht.«

Ich hatte darüber nachgedacht. Am Rande. Und noch konnte ich mich nicht entscheiden, ob dieser Gedanke zu einem ernsthaften Problem werden konnte. Es hatte zumindest Potenzial. Vor allem, weil es durchaus realistisch war, dass ich die Wohnung bekommen konnte. Soviel ich wusste, gehörte sie einer alleinstehenden Frau, die vor einigen Wochen aufs Land gezogen war und keine Lust hatte, sich um Mieter zu kümmern. Wischnewski hatte erwähnt, dass sie eine soziale Phobie hatte. Was natürlich auch ein Gerücht sein konnte. Und Wischnewski hatte ihre Telefonnummer. Wischnewski hatte Informationen über das ganze Viertel. Und dealte damit.

»Alleine? Oder hast du an eine neue verrückte WG gedacht.«

Also eine offizielle WG mit Mika klang für mich ziemlich verrückt. Das war fast auf einer Ebene mit eingetragener Lebenspartnerschaft, Heirat und Ehevertrag. Ich konnte mich nicht wirklich entscheiden, ob mir der Gedanke daran Schmetterlinge im Bauch verursachte oder einen Fluchtreflex auslöste.

»Ich kann Lucinda Beckett nicht mit meiner Schwester zurücklassen«, sagte ich.

»Und mich? Könntest du mich mit deiner Schwester zurücklassen?« Mika sah mich so intensiv an, dass es in meiner Magengegend zu kribbeln begann.

Ich musste mir wirklich ein Zeitfenster für die Beschaffung von Mönchspfeffer frei räumen. Bevor meine Eierstöcke meine Synapsen vollkommen lahmlegten.

»Ich habe nur vielleicht gesagt.«

»Babe. Du bist wie ein scheues Reh.«

»Das hat noch niemand zu mir gesagt.«

»Wahrscheinlich warst du schon weg, bevor sie den Mund aufmachen konnten. Aber höchstwahrscheinlich hätten sie es gesagt, wenn sie die Gelegenheit gehabt hätten. Ständig bist du auf der Flucht.«

Mika schlang seine Arme fester um mich und küsste mich sanft zwischen die Augen.

»Du bist ein wirklich, wirklich sexy Reh. Vor allem in diesen Jeansshorts.«

Er ließ seine Hände zu meinem Po wandern. Es war wirklich fantastisch, wie Mika immer den Dreh zu Sex fand. Also auf eine erstaunliche Weise fantastisch.

»Hey, wo bleibt der Kaffee?«, hörte ich Evas Stimme hinter mir. »Pfarrer Drews könnte einen Koffeinkick gebrauchen. Er sieht aus, als würde er gleich vom Stuhl kippen und ein Nickerchen machen.«

Ich machte mich widerwillig von Mika los.

»Wird sofort geliefert! Dreimal Latte für die Damen. Einmal doppelter Espresso für den Pfarrer!«

#getabike
#happywithebike

Pfarrer Drews war tatsächlich in der Sonne eingenickt. Mika und Sergiu waren zum Boxtraining aufgebrochen, und meine Schwestern und ich saßen mit unseren Kaffees vor dem Evvie's.

»Du musst ihn zurückgeben«, sagte Anna mit Blick auf Pfarrer Drews. »Der kriegt bestimmt Ärger, wenn er nicht bald im Seniorenstift auftaucht. Und du auch.«

Ich nickte. Sobald er aufwachte, würde ich ihn zurückbringen.

»Tante Maggie will auf eigene Faust die Urne aus dem Beerdigungsinstitut holen. Zusammen mit Violetta und Bärbel«, verkündete ich.

»Und dann hast du gesagt, wir übernehmen das, weil sie sowieso erwischt werden«, sagte Eva.

»War das jetzt geraten?«, wollte ich wissen.

»Nein. Maggie hat es mir erzählt. Und nur eins: Ich würde in Zukunft gerne vor so einer Aktion gefragt werden, ob ich mitmachen will.«

»Ach was. In dieser Familie wird keiner gefragt«,

versetzte ich, »das ist Tradition. Mitgefangen, mitgehangen.«

Ich wurde auch nie gefragt und jammerte nicht rum.

»Also gut. Was ist der Plan?«

Anna klappte ihre Handtasche auf und holte eine Zeitung heraus.

»Das Beerdigungsinstitut hat gerade eine Anzeige im *Münchner Merkur*. Sie suchen Unterstützung«, sagte sie und breitete die Zeitung auf dem Tisch aus. »Das ist DIE Gelegenheit.«

Eva und ich sahen sie stumm an.

»Jetzt guckt nicht so. Wann bekommt man Zutritt zum Beerdigungsinstitut?«, fragte sie.

»Wenn man tot ist?«, sagte ich.

»Wenn man dort einbricht?«, schlug Eva vor.

»Wenn man Mitarbeiter ist«, Anna schob die Zeitung in die Mitte des Tisches und legte ihren Zeigefinger auf die Anzeige. »Dann kann man jederzeit ein und aus gehen. Und jeden Raum betreten. Auch den, wo Mutter in der Urne …«

Sie brach ab und machte eine umfassende Handbewegung.

»Ihr wisst schon!«, schloss sie ihre Ausführungen.

»Wir sollen uns also bewerben«, hakte ich nach, »als Bestatterhelfershelferinnen.«

Ich musste sagen, Anna überraschte mich immer wieder. Manchmal dachte ich, sie checkte überhaupt nichts. Und dann knallte sie irgendwelche genialen Ideen raus. Ich war wirklich beeindruckt.

»Ich habe einen Job«, sagte Eva und schob die Zeitung zu mir weiter, »einen, der mich vollkommen auslastet. Außerdem bin ich schwanger. Und mir graut vor Beerdigungsinstituten.«

»Du bist in der gefühlt ersten Woche«, stellte ich richtig. »Dazu kann man noch gar nicht schwanger sagen.«

Eva warf mir einen bösen Blick zu.

»Sie hat recht. Viele Schwangerschaften überstehen die ersten Wochen nicht. Da redet nur keiner drüber«, sagte Anna.

»Ihr seid Schlangen«, behauptete Eva.

»Also gut, Leute«, ich lehnte mich in meinem Stuhl zurück. »Ich kann das machen. Das Evvie's steht kurz vor der Eröffnung, aber *who cares*.«

Meine Schwestern sahen mich überrascht an. Man musste wissen, wann man verloren hatte, und dann aus seiner misslichen Lage das Beste machen. Das nennt man Lebenskunst. Und ich hatte mit meinem Angebot eine wirklich gute Basis für Verhandlungen. Wenn ich es geschickt anstellte, brauchte ich nicht einmal einen halben Tag im Beerdigungsinstitut. Den konnte ich absitzen. Ich hatte schon schlimmere Jobs in meinem Leben.

»Ich will das Lastenrad«, sagte ich, »mit dem Evvie's-Schriftzug.«

»Das Lastenrad? Julius wird mich umbringen. Das Ding hat sein halbes Monatsgehalt gekostet! Das erzählt er mir bei jeder Gelegenheit.«

Ich zuckte mit den Schultern. Lastenrad gegen Urne. Ich hielt meine Forderung für durchaus angemessen.

»Es heißt ›geben und nehmen‹«, sagte ich, »schließlich wohnst du bei mir. Und deine Kinder. Außerdem kannst du froh sein, wenn du das Ding los bist. Du solltest nichts haben, was dich unnötig an Julius bindet.«

»Daran habe ich auch schon gedacht«, sagte Anna unglücklich, »aber ich kann doch so schlecht Nein zu ihm sagen.«

»Dann fängst du jetzt damit an!«

Ich konnte gar nicht verstehen, was mit ihr los war. Bei Mutters Beerdigung war Anna noch so entschlossen gewesen, ihren fremd gehenden Mann nicht zurückzunehmen, und hatte Julius eiskalt abblitzen lassen. Und dann war sie plötzlich irgendwie eingeknickt.

»Wolltest du nicht mal einen Dreier ausprobieren? Und in einen Swingerclub? Und Sergiu daten? Was willst du dann noch mit Julius?«, hakte ich nach.

»Dazu habe ich nicht den Mut«, sagte Anna. »Ich bin nicht du. Ich könnte niemals in einen Swingerclub.«

»Swingerclub?« Evas Gesicht war ein einziges Fragezeichen.

»Vergiss es!«, winkte ich ab.

»Wenn du willst, komme ich mit in den Swingerclub«, schlug Eva vor, »dann kannst du deine Ängste bearbeiten.«

»Eva, du bist schwanger! Zumindest warst du das vor fünf Minuten noch«, erinnerte ich meine Schwester ungeduldig.

»Kannst du nicht statt dem Lastenrad Evas Mini nehmen?«

Das fand sogar ich etwas überdimensioniert. Außerdem bekam Eva ein Kind von Holger Schmidt. Das war Strafe genug.

»Spinnst du?«, fauchte Eva.

Sie kippte ihren Latte macchiato, als wäre es Schnaps.

»Der ist für die Stadt zu unpraktisch. Außerdem

ist ein Auto schlecht für meinen ökologischen Fußabdruck. Ich will da karmisch kein Risiko eingehen.«

Ich sah genau, dass ich Anna gleich so weit hatte.

»Na, Mädels!«, brüllte Wischnewski so laut über die Straße, dass sogar Pfarrer Drews im Schlaf zuckte. »Was für ein schönes Bild! Ihr drei vor dem Evvie's! Richtig idyllisch! Und dann noch der schlafende Pfarrer!«

Er zückte sein Handy und machte ein Foto.

»Na gut«, sagte Anna mit finsterem Gesicht. »Ich mochte das Ding irgendwie sowieso nicht. Aber für den Schriftzug ist Eva zuständig.«

#veganbamigoreng #genderroles

Den restlichen Tag hatte ich gute Laune. Nachdem ich Pfarrer Drews Eva aufs Auge gedrückt hatte – sie brachte ihn mit dem Mini zurück in das Marienstift –, telefonierte ich wegen der Speisekarte fürs Evvie's mit Phil, der schon wieder gelangweilt auf irgendeinem Set herumlungerte. Wir waren uns in allen Punkten einig. Wir wollten einfache Gerichte zu einem realen Preis in Bio-Qualität. Und vegetarisch. Phil meinte, komplett vegan würde die Kunden abschrecken, und ich musste ihm recht geben. Vielleicht durfte man am Anfang nicht zu viel erwarten.

Dann schrieb ich eine launige Bewerbungsmail an das Bestattungsinstitut. Schließlich hatte ich nichts zu verlieren. Ich verfügte über keinerlei Expertise, außer dass meine Mutter tot war. Daher war ich relativ entspannt, was eine Rückmeldung anbelangte.

Ich sperrte das Evvie's zu, radelte mit dem Lastenrad nach Hause und beschloss, noch bei Pum im Chinaimbiss auf ein veganes Bami Goreng haltzumachen. Sie hatte zwei kleine runde Tischchen vor den Imbiss gestellt, von denen sie selbst einen dauerbesetzt hielt und schlecht gelaunt Sudokus löste. Ihr Gesichtsausdruck konnte das Geschäft nur ankurbeln.

Aber ihre Miene hellte sich auf, als ich das Lastenrad vor ihr auf dem Bürgersteig parkte.

»Ah«, sagte sie erfreut mit Blick auf das Rad, »du bist zu Geld gekommen.«

»So würde ich es nicht nennen«, sagte ich und setzte mich an das Tischchen neben ihr.

»Einmal veganes Bami Goreng!«, brüllte sie nach drinnen.

»Glaubst du, dass veganes Essen Gäste abschreckt?«, wollte ich von ihr wissen.

»Die Dummheit der Menschen ist so weit wie das Himmelszelt«, gab sie düster zur Antwort. »Ihre Gewohnheiten sind ihnen heilig. Ihre Ansichten sind die heimlichen Götter.«

»Pum, du solltest Ratgeber schreiben.«

Oder zumindest Kalendersprüche. Dann könnte sie die Kalender von 1998 endlich entsorgen.

»Ich habe zwei Arten von Gästen«, sagte sie und hielt zwei Finger in die Höhe. »Die eine Art, ist mir egal, ob sie sterben. Ich koche Schweinefleisch süßsauer. Sehr lecker. Die anderen will ich behalten. Die bekommen veganes Bami Goreng. Auch sehr lecker.«

»Das heißt, du versuchst erst gar nicht, sie zu ändern.«

Pum schüttelte betrübt den Kopf.

»Du änderst Menschen nicht.«

»Das dachte ich mir schon«, sagte ich.

»Manchmal, einfacher Weg ist besserer Weg.« Sie hob den Zeigefinger. »Aber musst listig sein wie ein Fuchs.«

Den Gedanken hatte ich auch schon. Ich hörte eine Fahrradklingel hinter mir, und im nächsten Augenblick sprang Lucinda Beckett vom Rad.

»Veganes Bami Goreng!«, brüllte Pum in die Küche.

»Ich fahre zu Jay«, sagte Lucinda Beckett anstelle einer Begrüßung. Sie sah ungewöhnlich aufgewühlt aus. »Ich werde ihm meine Liebe gestehen.«

»Bist du sicher?«, fragte ich besorgt.

Ja, ich hatte ihr diesen Tipp gegeben. Aber da war ich in einer extremen Stresssituation gewesen. Da waren meine Tipps eventuell nicht die besten.

»Absolut. Mein Leben macht ohne ihn keinen Sinn mehr.«

»Wegen einem Grashalm wird Ziege nicht sterben«, sagte Pum und lehnte sich in ihrem Stuhl zurück.

»Pum! Das kann man doch nicht vergleichen!«, wies ich sie zurecht.

»Ich war fünfmal verheiratet«, sagte Pum mit einem Schulterzucken.

Die Köchin stellte das Essen vor uns auf den Tisch. Lucinda Becketts Zustand besorgte mich. Ich hatte sie noch nie verliebt gesehen. Ich hatte bis jetzt noch nicht einmal gewusst, dass sie zu romantischen Gefühlen fähig war. Und genau deswegen mochte ich sie so. In ihrer Gegenwart fühlte ich mich nicht wie der absolute Freak. Sie war mein *wingman*. Sie war noch freakiger als ich, und deswegen kam ich schon fast normal rüber. Wenn sie sich verliebte und mit Jay eine Beziehung hatte, war ich quasi am Arsch. Dann wäre ich die Einzige, die Bindungsängste hatte. Wobei ich mir bei Lucinda Beckett nicht sicher war, ob Bindungsängste ihr Problem waren.

»Fünfmal falsche Entscheidung getroffen«, fügte Pum hinzu, während Lucinda Beckett und ich anfingen zu essen. »Haben mich betrogen und mein Geld genommen. Frau ist manchmal besser dran ohne Mann.«

»Und du hast es nie vorher gemerkt? Dass es der Falsche war?«, wollte Lucinda interessiert wissen.

»Doch. War mir egal.«

»Ach, Pum«, sagte ich.

Ich hatte mich wirklich haarscharf an die Sitzung bei Lindholm erinnert. Und das auch nur, weil ich mir den Termin ausnahmsweise im Smartphone abgespeichert hatte und mich mein Handy zehn Minuten vorher auf ihn hinwies. Normalerweise wäre ich hoffnungslos zu spät gekommen. Vor allem mit Schröder an der Leine, der tattrig, wie er war, nicht zu überreden war, einen Zacken schneller zu laufen. Aber ich hatte ja jetzt das Lastenrad.

Mein ganzes Leben hatte sich dadurch positiv verändert. Ich machte eine Insta-Story von der Fahrt mit dem Rad und taggte sie mit dem Hersteller. Vielleicht entdeckten sie mich als Werbeträger und schissen mich mit diesem ganzen Lastenrad-Merchandising zu. Ich könnte eine Trinkflasche gebrauchen und würde mich sogar breitschlagen lassen, T-Shirts mit Firmenlogo zu tragen. Bei dem Lauf, den ich gerade hatte, würde mich so ein Angebot nicht wundern. Ich sah mich, wie ich für jeden Post mit dem Rad tausend Euro kassierte. Tante Maggie sagte immer, man muss seine Wünsche visualisieren, dann erfüllt sie einem das Universum auch. Bis jetzt hatte das nicht so gut geklappt. Visualisieren war nicht so meine Stärke. Was nicht hieß, dass sich das nicht ändern konnte.

In der letzten Minute schlitterte ich in Lindholms Therapiezimmer. Er hatte es sich schon hinter seinem Schreibtisch bequem gemacht.

»Haben Sie meditiert?«, wollte ich wissen und setzte mich ihm gegenüber. »Sie haben so einen entsetzlich entspannten Gesichtsausdruck.«

»Meditation ist der Schlüssel«, sagte Lindholm und lächelte weise.

»Ich habe von einem Kerl gehört, der ist während der Meditation gestorben«, sagte ich. »Der war so entspannt, dass er seine Lebensfunktionen nicht mehr aufrechterhalten konnte. Herzschlag und so.«

Lindholm zog seine Augenbrauen nach oben. Ich wurde schon wie meine Mutter. Die brachte auch bei jeder Gelegenheit abstruse Horrorstorys an.

»Das nur als Warnung«, fügte ich hinzu.

»Ich wollte heute mit Ihnen über Glaubenssätze sprechen.«

Lindholm blätterte in meinen Akten.

»Oh nein. Nicht dieser esoterische Quatsch!«

»Da haben wir schon den ersten Glaubenssatz!«

Lindholm lächelte mich zufrieden an. Ich liebte ihn immer noch. Aber vielleicht nicht mehr so innig wie zu Beginn der Therapie.

»Ich bin mit einer Tante aufgewachsen, die das Wort

›Glaubenssatz‹ sehr inflationär gebraucht hat. Bei Glaubenssätzen macht mir keiner etwas vor.«

Jahrelang dachte ich, Tante Maggie hatte das mit den Glaubenssätzen erfunden.

»So.«

»Wenn ich ehrlich bin, langweilen sie mich.«

Ich sah zu, wie Lindholm sich in seinem Sessel zurücklehnte und etwas die Stirn runzelte. Ich gähnte demonstrativ.

»Die ganze Thematik langweilt mich.«

»Es kann sehr hilfreich sein, sich mit den Glaubenssätzen der eigenen Familie zu beschäftigen.«

»Und wenn man darauf keine Lust hat?«

Meine gute Laune machte sich gerade zügig vom Acker. Der Tag hatte so gut angefangen. Und dann das.

»Wenn Sie hoffentlich eines während der Therapie gelernt haben, Catterberg, dann, dass eine Therapie keine Rücksicht auf Befindlichkeiten nimmt.«

Ich versuchte wirklich, mich zu entspannen. Aber manchmal versetzte mich Lindholm mit seinen Sprüchen sofort in den Zustand des Aufbruchs.

»Wie hat sich Ihre Mutter zu Ihren Partnern geäußert?«

»Zu meinen Partnern?« Ich sah Lindholm erstaunt an. »Sie wissen, dass ich keine hatte.«

»Wenn Sie welche gehabt hätten. Wie hätte sie auf Ihre Partner reagiert?«

»Ich sage Ihnen jetzt mal was«, setzte ich an, »wenn ich Partner gehabt hätte, hätte ich die nicht mit nach Hause gebracht.«

Allein das Drama mit Annas Mann. Meine Mutter hatte ihn jahrelang nach Strich und Faden fertiggemacht. Gut. Er war ein Idiot. Selbst ich sah ein, dass er ihre Ablehnung verdient hatte. Aber sie hätte das mit jedem, wirklich jedem gemacht. Niemals hätte ich irgendeinen Typ mit nach Hause genommen. Knutschen um die Ecke war das höchste der Gefühle. Näher heran hatte ich mich nie getraut.

»Und warum hätten Sie das nicht?«

»Weil sie ihn auseinandergenommen hätte. Sie hätte kein gutes Haar an ihm gelassen. Kein einziges! Keiner wäre gut genug für das Haus Catterberg gewesen.«

»Ihnen ist klar, dass dieser Glaubenssatz der narzisstischen Persönlichkeit Ihrer Mutter entspringt«, sagte Lindholm und kritzelte etwas in meine Akte.

»Ah, der Bogen zu den Glaubenssätzen.«

»Was denken Sie darüber?«

Lindholm legte den Kopf etwas schief und sah mich aufmunternd an.

»Was ich darüber denke? Muss man denn über Glaubenssätze etwas denken?«

»Ist dieser Satz«, er legte seinen Zeigefinger auf eine Stelle in meiner Akte, »›keiner ist gut genug für das Haus Catterberg‹ wahr?«

»Natürlich nicht!«

»Warum haben Sie dann nie jemanden mit nach Hause gebracht?«

Da biss sich die Katze in den Schwanz.

»Weil ich nie verliebt genug war.«

Schweigen.

»Weil ich nicht so vollkommen verrückt war, meiner Mutter irgendeinen armen Kerl zum Fraß vorzuwerfen.«

Schweigen.

»Weil es besser war, sich nicht zu verlieben, als verliebt zu sein und zu sehen, wie sie alles kaputt macht.«

Bingo.

»Hätte Ihre Mutter das gekonnt? Alles kaputt machen?«

»Fragen Sie das doch die vierzehnjährige Cressida Catterberg. Ich habe keine Ahnung. Ich habe es ja nie ausprobiert. Ich weiß nur, dass es mir sehr realistisch erschien.«

»Sie haben gesehen, was bei Ihren Schwestern passierte.«

»Worauf wollen Sie hinaus?«

»Was war mit Freunden?«

Ich seufzte und bohrte meine nackten Zehen in Schröders Fell. Wenn ich ehrlich war, war Schröder das Beste, was von meiner Mutter übrig geblieben war. Hunde waren Narzissten gegenüber erstaunlich robust. Sie ließen sich nicht so leicht verbiegen. Er rollte sich zur Seite und blinzelte mich an.

»Das fragen Sie jetzt nicht wirklich.«

»Dann soll ich in die Akte schreiben: ›Kein Freund ist gut genug für das Haus Catterberg.‹«

»Wenn es Ihnen Freude macht.«

»Catterberg, trifft dieser Satz zu?«

Einen Moment sahen wir uns verbissen an.

»Jetzt erkläre ich Ihnen mal was«, sagte ich dann. »Nein, er trifft nicht zu. Aber es ist kompliziert. Hier draußen trifft er nicht zu. Aber da drinnen …«, ich legte mir die Hand auf die Brust, »… da wird immer meine Mutter sitzen, die mir diese komischen Dinge zuflüstert.«

»Es ist nicht Ihre Mutter. Es sind Ihre verinnerlichten Glaubenssätze.«

»Nennen Sie es, wie Sie wollen. Das Geflüster ist jedenfalls ziemlich unangenehm. Und manchmal extrem laut.«

Außer ich hatte viel um die Ohren, Sex oder war betrunken. Oder alles gleichzeitig. Dann war das Flüstern nur noch ein Säuseln.

»Glaubenssätze lassen sich auflösen. Ich würde vorschlagen, Sie schreiben bis zu unserer nächsten Sitzung alle Ihre negativen Glaubenssätze auf. Schreiben ist ein mächtiges Instrument.«

»Wozu?«

»Um sich der Dinge bewusst zu werden.«

»In ein paar Tagen eröffne ich das Evvie's.«

»Umso besser. Es ist bestimmt von Vorteil, gewisse Fallstricke vorher zu lösen. Und sagen Sie nicht, Sie hätten keine Zeit dazu.«

»Ich habe keine Zeit dazu«, sagte ich böse.

»Muss ich Ihnen auch noch Tipps zu Ihrem Zeitmanagement geben?«, fragte Lindholm milde. »Was ich aber positiv feststelle, ist, dass Sie eine gesunde Wut auf Ihre Mutter entwickeln.«

»Ich war schon immer wütend«, behauptete ich. »Ich hatte nur ein Zwischentief nach der Beerdigung.«

Genau genommen nachdem wir Mutters Nachricht in der Urne gefunden hatten. Sie hatte mir Mut gemacht, dass Evvie's zu übernehmen, obwohl sie geahnt hatte, dass meine Tanten dagegen sein würden. Danach war ich geraume Zeit überhaupt nicht wütend gewesen.

»Aufarbeitung geschieht in Wellen.«

»Und das bedeutet, ich soll jetzt meine wütende Welle reiten?«, wollte ich wissen.

Lindholm nickte.

»Und danach?«

»Liegen Sie am Strand und lassen sich die Sonne ins Gesicht scheinen.«

#condomsandpills

Ich stand gerade im Rossmann vor dem Regal mit den Verhütungsmitteln, als mein Smartphone vibrierte. Ich hatte mir endlich ein Herz gefasst und gefühlt einen ganzen Einkaufskorb mit Phytohormonpräparaten vollgeladen. Okay. Es war auch die eine oder andere Gesichtsmaske dabei. Und ein geiler knallroter Lippenstift. Und eine Haarmaske mit Haube, die aussah wie ein Flamingo. Das Teil kostete fast zehn Euro. Aber ich brauchte dringend etwas, das mich aufheiterte.

Ich nahm das Gespräch an. Irgendjemand atmete angestrengt ins Telefon. Ich sah sofort Holger Schmidt vor mir, der schon wieder irgendwelche Samenspenden zapfte.

»Cressida Catterfeld?«

Es war Pfarrer Drews. Ich klemmte mir das Handy zwischen Schulter und Ohr, legte eine Großpackung Kondome in den Korb und wanderte noch einmal zu den Arzneimitteln zurück. Ich griff mir eine Schachtel Lavendelextrakt. Ein bisschen mehr Ausgeglichenheit konnte auch nicht schaden.

»Pfarrer Drews, was gibt es?«

»Ich habe heute erfahren, dass Sie meine Enkelin sind«, sagte er.

»Das würde ich nicht zu wörtlich nehmen.«

»Ich wollte Ihre Nummer, und sie sagten: ›Ach, Sie wollen Ihre Enkelin anrufen.‹«

Ich warf die Schachtel mit dem Lavendelextrakt in meinen Einkaufskorb und nach einem klitzekleinen Zögern noch eine zweite dazu.

»Das erklärt auch den Ausflug, den Sie mit mir unternommen haben. Ich habe die ganze Zeit über diesen Ausflug gerätselt. Ich habe mir immer eine Enkelin gewünscht. Wann holen Sie mich ab?«

»Oh, Drews, ich kann Sie nicht jeden Tag spazieren fahren. Dazu habe ich einfach nicht die Zeit!«

Jemand tippte mir auf die Schulter. Ich drehte mich um, und es war Julius, dieser Schwachmat. Er deutete mir an, dass ich das Gespräch beenden sollte.

»Ich habe den Leuten hier gesagt, Sie holen mich jetzt ab«, sagte Pfarrer Drews. »Ich könnte mich in die Sonne setzen, während Sie … irgendetwas anderes tun.«

»Sie können sich doch auch vor das Seniorenstift in die Sonne setzen«, sagte ich und starrte Julius böse an. Ich konnte mir schon vorstellen, welchen Text er mir gleich pressen würde.

»Da sitze ich aber alleine.«

»Sie haben doch sicher Kumpels im Seniorenstift.«

»Es gibt keine Freundschaft hier«, flüsterte Drews ins Telefon. »Jeder kämpft für sich alleine. Und mit harten Bandagen.«

Ich war mir nicht sicher, ob er gerade wieder in einen

Verwirrtheitszustand abglitt. Oder kurz vorher *Tango & Cash* im Aufenthaltsraum geguckt hatte. Andererseits, die Zeit im Seniorenstift war bestimmt kein Zuckerschlecken. Wer so schlecht bezahlt wurde wie das Pflegepersonal, musste wirklich sehr altruistisch sein, um seine Mitmenschen noch freundlich zu behandeln. Ich könnte das nicht. So viel war klar.

»Sie müssen versuchen, auf andere zuzugehen«, sagte ich, »und neue Bekanntschaften zu schließen.«

Pfarrer Drews schwieg, und ich atmete tief durch. Julius setzte an, um etwas zu sagen, doch ich schnitt ihm mit einer Handbewegung das Wort ab. Darauf war er seit der Zeit mit meiner Mutter konditioniert. Er klappte den Mund auf und wieder zu.

»Na gut«, gab ich auf. »Geben Sie mir eine Viertelstunde.«

Ich legte auf und warf mein Smartphone zu meinen Einkäufen in den Korb.

»Willst du Magentabletten shoppen, oder spionierst du mir nach«, fragte ich Julius.

»Ich habe das Lastenrad vor dem Rossmann stehen sehen und dachte, Anna wäre hier«, sagte Julius vorwurfsvoll. »Und dann stelle ich fest, es ist gar nicht Anna. Es bist du.«

»Ja, das hast du gut erkannt. Sonst noch was?«

Ich schob mich an ihm vorbei Richtung Kasse. Eigentlich müsste ich Mitleid mit Julius haben. So wie er von Mutter gedisst worden war. Man musste bedenken: Ich war nicht gedisst worden und brauchte Therapie.

»Warum fährst du das Lastenrad meiner Frau«,

wollte er wissen und klemmte sich so nah hinter mich, dass er mir beinahe auf die Fersen trat.

Ich stellte mich in die Schlange und sah demonstrativ auf die Uhr meines Handys.

»Sie braucht das Rad nicht«, sagte ich.

»Das sagt wer?«

»Ihr neuer Freund fährt Motorrad. Ein endgeiles Gerät«, informierte ich ihn. »Mit so einem geilen Bike braucht man kein Lastenrad mehr.«

Tat er wirklich. Am Morgen war Sergiu mit einer mattschwarzen Occasion vorgefahren. Aber dass er Annas neuer Freund war, war natürlich gelogen.

»Sie hat gesagt, ich kann es haben.«

»Sie hat gar keinen neuen Freund«, betonte Julius.

»Da wäre ich mir nicht so sicher«, ich drehte ihm den Rücken zu und kippte meinen Einkaufskorb auf das Kassenband. Vielleicht hatte ich doch etwas übertrieben. Das Zeug würde bestimmt hundert Euro kosten. »Wer mit seiner Yogalehrerin vögelt, braucht sich nicht wundern, wenn die Frau einen anderen hat.«

»Das ist vorbei. Wir sind auf einem guten Weg, unsere Beziehung zu retten. Wahrscheinlich werden wir eine Paartherapie anfangen.«

»Wenn du meinst.«

»Wir werden bald wieder zusammenziehen.«

»Okay.«

»Ich weiß, damit kannst du nicht umgehen, weil du selbst so verkorkst und nicht in der Lage bist, irgendeinen Mann länger als drei Wochen zu halten. Aber wir ARBEITEN an unserer Beziehung. Etwas, wovon du keine Ahnung hast.«

»Du hast vollkommen recht«, sagte ich.

»Du wirst nie eine glückliche Beziehung führen, weil du dafür viel zu egoistisch bist.«

»Wie geht es eigentlich deinem Magen, Julius?«, erkundigte ich mich. »Heute schon gekotzt?«

»Mein Gott, Cressida! Du bist widerlich!«

Er schielte auf die Großpackung Kondome auf dem Kassenband, und ich folgte seinem Blick.

»Ach, die«, sagte ich. »Die sind für Anna.«

#vegandonuts #nomotheroutfitneeded #talkwiththedevil

Nachdem ich über hundert Euro bei Rossmann gelassen hatte, machte ich mich auf den Weg zu Pfarrer Drews. Es war immer wieder erstaunlich, wie viel Geld man in Drogeriemärkten lassen konnte. Aber wenn ich dank dieser Einkäufe wieder auf Spur kam, war das Geld extrem gut investiert. Ich legte einen kurzen Zwischenstopp bei Dunkin' Donuts ein und checkte meine Mails. Im Spam fand ich eine nicht mehr ganz frische Nachricht des Bestattungsinstituts: Man hatte mich tatsächlich zu einem Bewerbungsgespräch eingeladen. Der Termin war in fünfundvierzig Minuten. Ich mailte zurück, dass ich pünktlich vorbeikommen würde. Seit ich das Rad hatte, war mein Leben total relaxed. Ich kaufte je einen veganen Donut für Pfarrer Drews und Schröder und zwei für mich, dann radelte ich weiter.

Mein Handy summte, und ich drückte auf Lautsprecher.

»Du wirst nicht glauben, was passiert ist!«

Es war Anna.

»Sergiu hat mich auf eine Spritztour eingeladen.«

»Oh, wow! Wie kam es dazu?«

Sie hörte sich sehr aufgeregt an.

»Hat sich so ergeben. Ich habe ihm einen Kaffee gekocht und in die Toilette gebracht. Dann kam eines zum anderen. Der Zeitpunkt könnte nicht günstiger sein. Die Großen sind in der Schule und Suki im Kindergarten. Was soll ich anziehen?«

»Nimm irgendetwas aus meinem Kleiderschrank«, empfahl ich ihr.

Damit konnte sie nur richtigliegen. Sie würde bei mir einfach nichts finden, was scheiße aussah. Daran arbeitete ich schließlich schon mein ganzes Leben.

»Danke, Cressi! Ich habe ja nur diese praktischen Mütteroutfits.«

Schlabbershirts und Stoffhosen mit Mandalaaufdruck. Nichts gegen Schlabbershirts. Ich bin wirklich ein Verfechter von Schlabbershirts. Aber es kam auf die Situation an. Von Hosen mit Mandalaaufdruck wollte ich gar nicht reden.

»Was ein Fehler ist.«

»In meinem Leben braucht man nur Mütteroutfits. Alles andere sieht sowieso kein Mensch, liegt rum, weil man keine Gelegenheit hat, es anzuziehen, oder wird vollgekotzt, wenn man es versehentlich doch angezogen hat.«

»Wo fahrt ihr denn hin?«, wollte ich wissen.

»Sergiu wollte mir den Boxclub zeigen.«

Das war mal romantisch für ein erstes Date. Der Geruch von Schweiß. Das Knallen von Fäusten auf Boxsäcke. Sergiu schien ein Händchen für Frauen zu haben.

»Okay«, sagte ich, »das hört sich nach Spaß an!«

»Finde ich auch. Julius würde nie auf solche Ideen kommen.«

Ich legte auf, weil das Marienstift in Sichtweite kam. Pfarrer Drews wartete schon brav am Bordstein auf mich. Ich bat ihn, in die Lastenkabine zu steigen, und drückte ihm die Donuts in die Hand mit dem Hinweis, dass er sie mit Schröder teilen solle. Dann radelte ich weiter zum Beerdigungsinstitut.

Ich parkte das Rad vor dem Schaufenster des Beerdigungsinstitutes. Sie hatten es in den letzten Wochen offenbar nicht auf die Reihe gebracht umzudekorieren. Wenn man die erdrückende Staubschicht als Stilmittel nicht mitrechnete. Noch immer hing der schwarze Stofffetzen, der wie ein Halloween-Gespenst aussah, über ein paar Sandhäufchen und Urnen. Wie beim Tod meiner Mutter.

Ich schärfte Pfarrer Drews ein, dass er nicht weglaufen durfte und auf Schröder aufpassen solle. Die beiden trollten sich einträchtig zu den Müllcontainern gegenüber und taten, was alte Männer so zusammen tun, während ich mir kurz Mut zusprach und durchatmete. Ich konnte Evas Abneigung durchaus nachvollziehen. Auch ich hatte keine große Lust, mich unnötig lange in Beerdigungsinstituten aufzuhalten. Dann drückte ich die Türe auf. Die Frau mit dem Bürstenschnitt hinter dem Tresen setzte ihre Nickelbrille ab und lächelte mich erfreut an.

»Sie müssen Frau Catterberg sein!«

Ich hatte die Frau, deren Schuld es Tante Maggies Meinung nach war, dass Mutter noch im Limbus umherirrte, noch nie lächeln sehen.

»Ich erinnere mich an Sie. Der Trauerfall Eveline Catterberg«, sagte sie. »Haben Sie damals schon gespürt, dass Sie in der Trauerbranche arbeiten wollen?«

»Oh ja«, sagte ich. »Mich hat Ihr Laden hier sehr beeindruckt. In vielerlei Hinsicht.«

Etwas unruhig machten mich Drews und Schröder. Ich stellte mich so an den Tresen, dass ich sie durch die Schaufensterfront sehen konnte.

»Das ist mein … Großvater«, erklärte ich, »ich darf ihn nicht aus den Augen verlieren.«

»Sie scheinen sehr sozial zu sein«, sagte die Frau mit Bürstenschnitt erfreut, »das ist in diesem Beruf von Vorteil. Mein Name ist Magda Teufel.«

Sie streckte mir die Hand hin, und ich nahm sie zögernd. Mein Gott, ich war wirklich froh, dass Tante Maggie nicht hier war. Sie hätte Frau Teufel ihr Räucherwerk um die Ohren geknallt. Maggie sagte immer: Nomen est Omen! Ich wusste nicht, wie viel ich darauf geben sollte.

»Betreuen Sie Ihren Großvater regelmäßig?«

»Dann und wann«, wich ich aus.

»Dann sind Sie ja zeitlich flexibel.«

»Absolut.«

»Wir suchen jemanden, der Trauerreden hält. Mir liegt das nicht, und der Kollege, der bis jetzt dafür verantwortlich war, hat in ein anderes Beerdigungsinstitut gewechselt.«

»Oh.«

»Haben Sie sich etwas anderes vorgestellt?«, wollte Frau Teufel wissen.

»Oh nein. Trauerreden sind in Ordnung.«

Trauerreden waren der Horror schlechthin. Ich hatte eher an Bürokram gedacht. Oder daran, das Schaufenster umzudekorieren. Meinetwegen mal sauber machen. Urnen sortieren. Aber Trauerreden? Ich sah zu Drews hinüber. Er hatte einen alten Klappstuhl gefunden und in der Sonne platziert. Schröder setzte sich brav neben ihn. Andererseits hatte ich ja nicht vor, lange zu bleiben. Ich könnte das Schaufenster auf Vordermann bringen, die Urne mitnehmen und noch vor der ersten Rede verschwinden.

»Wunderbar! Sie können gleich anfangen, wenn Sie wollen!«

»Haben Sie denn gar keine anderen Bewerber?«, wollte ich entsetzt wissen.

Es musste doch noch jemanden geben, der verzweifelt genug war, sich hier zu bewerben. Zum Beispiel jemand, der frisch aus dem Knast kam. Oder in seiner Freizeit gerne Horrorfilme guckte. Irgendwer, der diesen Job übernehmen konnte, wenn ich das Handtuch schmiss.

»Nein. Sie sind die Einzige. Aber ich sage immer: Die richtigen Personen kommen zur richtigen Zeit! Kommen Sie, ich zeige Ihnen unsere Räumlichkeiten.«

Solange ich das Kühlhaus nicht betreten musste, in Ordnung. Ich war nachhaltig traumatisiert von diversen Gruselschockern, die ich in meiner Teeniezeit konsumiert hatte und die allesamt in Leichenschauhäusern spielten.

»Gibt es eine Probezeit?«

Ich folgte Frau Teufel in den Raum mit den Ausstellungsstücken. Hier sollten wir damals Mutters Urne aussuchen. Es machte mir nicht wirklich ein gutes Gefühl, das alles wiederzusehen.

»Wer zu uns findet, bleibt in der Regel«, sagte Frau Teufel fröhlich.

Ja. Weil er tot war.

»Den Ausstellungsraum kennen Sie ja. Hier entlang geht es zum Büro. Dort können Sie die Reden vorbereiten, nachdem Sie das Trauergespräch geführt haben.«

Mein Ohr begann zu summen. Wie immer in absolut vertrackten Situationen. Frau Teufel öffnete die Tür zu dem kleinen Büro.

Und da war sie. Die verbeulte Urne ohne Deckel und ohne Swarovski-Steine stand auf einem Regal hinter dem Schreibtisch. Zwischen Aktenordnern und einer verstaubten Grünlilie.

Hallo, Mutter!

Ich hätte sie gerne in die Hand genommen und hineingesehen. Ob noch etwas von ihrer Asche drin war. Aber ich konnte mich zurückhalten. Auch wenn es mir in den Fingern juckte.

»Trauergespräch«, sagte ich unkonzentriert.

»Keine Sorge. Bei den ersten Gesprächen werden Sie nur dabeisitzen. Bis Sie eine gewisse Routine haben. Und Ihre erste Trauerrede werde ich natürlich zusammen mit Ihnen vorbereiten. Aber wie heißt es so schön: Übung macht den Meister!«

Vor meinem inneren Auge sah ich, wie ich Magda Teufel ausknockte, über den Tisch hechtete, mir die

Urne griff und wieder hinausspurtete. Das Einzige, was mich zurückhielt, waren Pfarrer Drews und Schröder. Die hätte ich nie so schnell wie nötig im Lastenrad verstaut. Bis ich Drews in der Kabine hätte, hätte mich Frau Teufel sicher überwältigt. Womit auch immer.

»Frau Catterberg?«

Ich schreckte aus meinen Gedanken auf.

»Wir zahlen fünfundzwanzig Euro die Stunde. Das ist ein sehr gutes Gehalt. Wir rechtfertigen es damit, dass Sie natürlich einigen psychischen Belastungen ausgesetzt sind.«

Das war genau mein Ding. Gegen psychische Belastungen war ich gefeit. Ich warf noch einen letzten Blick auf die Urne.

»Gut«, sagte ich dann. »Was soll ich tun?«

#proseccoandaunts

Meine Tanten waren schon sehr lange nicht mehr im Evvie's gewesen. Ich hatte sie für den Nachmittag einbestellt. Pfarrer Drews hatte mir geholfen, den Boden zu wischen und die neuen Barhocker auszupacken. Die alten waren schon etwas klapprig. Danach war er draußen in der Sonne eingedöst. Ich begann wirklich, ihn zu mögen. Vor allem, wenn er theologische Reden schwang, konnte er ein echt netter Kerl sein. Ich trug gerade ein Tablett mit Wassergläsern nach draußen, da bog Maggies alter Postbus um die Ecke. Sie parkte ihn im absoluten Halteverbot vor dem Evvie's, und meine Tanten stiegen aus. Sie sahen aus wie eine gealterte Version der Kommune 1. Selbst Tante Violetta trug ein bodenlanges Kleid aus Flatterstoff in den grellsten Farben. Obwohl ich sie sonst nur in ihrem freudlosen Schuloutfit kannte, das aus einem wadenlangen grauen Rock und Bluse bestand.

»Wir kommen gerade von einem unglaublich inspirierenden Meditationsworkshop«, klärte mich Tante Maggie auf. »Es ging um die Manifestation von Wohlstand. Dabei musste ich die ganze Zeit an dich denken, Liebes!«

Sie drückte mich kurz an sich.

»Mein Gott«, sagte Violetta, »das Evvie's. Sieht immer noch aus wie früher.«

»Man könnte meinen, Eveline kommt gleich zur Tür raus, um uns zu begrüßen!«, sagte Tante Bärbel bestürzt und beschattete ihre Augen mit der Hand, als suchte sie im Inneren des Bistros nach meiner Mutter.

»Wird sie nicht«, sagte ich. »Ihr müsst mit mir vorliebnehmen.«

Violetta warf mir einen strafenden Blick zu.

»Und da ist ja auch der gute Pfarrer Drews!«, freute sich Bärbel. »Geht es ihm gut?«, flüsterte sie mir zu.

Pfarrer Drews' Kopf war nach hinten gekippt, und er döste mit offenem Mund. Ich nahm mir vor, ihm einen Liegestuhl zu besorgen. Diese Haltung war sicher nicht gesund für einen alten Mann. Wenn ich nicht aufpasste, bekam er noch einen Bandscheibenvorfall im Nacken.

»Ihm geht's prima. Keine Sorge«, sagte ich.

»Du hast doch sicher ein Schlückchen Prosecco für deine Tanten«, erinnerte mich Maggie an meinen Job als Gastgeberin.

»Na klar«, seufzte ich, stellte das Tablett ab und ging voraus in das Bistro.

»Oh, die Barhocker sind toll«, bemerkte Tante Maggie.

»Aber für Leute in unserem Alter sehr unpraktisch. Mir schlafen auf Barhockern grundsätzlich die Füße ein. Hat mit dem Ischiasnerv zu tun.«

Violetta konnte es einfach nicht lassen. Sie redete grundsätzlich alles erst einmal schlecht. Ich köpfte eine Flasche Prosecco und schenkte den dreien ein. Draußen hörten wir ein Motorrad vorfahren, und einen Moment später kam Anna die Stufen zum Bistro herauf. Sie trug eine enge schwarze Jeans von mir und ein Tanktop. Ihr Haar war vom Wind zerzaust und ihre Wangen gerötet. Sie sah fantastisch aus. Da sah man, was passierte, wenn Frauen Spaß hatten.

»Anna! Bist du eben auf dieser Höllenmaschine hier vorgefahren? In deinem Alter solltest du vernünftiger sein«, sagte Violetta. »Denk an die Kinder. Wenn dir etwas passiert, sind sie auf Julius angewiesen.«

Das war natürlich ein Argument.

»Unsinn! Lass das Kind Spaß haben!«, unterbrach Maggie sie. »Ich wünschte, ich hätte öfter auf einem Motorrad gesessen. Männer in unserem Alter fahren oft nur noch diese langweiligen Roller mit Dach. Es wäre mir peinlich, auf so etwas gesehen zu werden.«

»Apropos. Hat sich Lucindas Prof bei dir gemeldet?«, wollte ich wissen.

»Natürlich! Noch am selben Tag. Aber wir lassen es langsam angehen. Schließlich hat er eine Frau.«

»Maggie!« Tante Bärbel riss entsetzt die Augen auf. »Man sollte die Finger von verheirateten Männern lassen.«

»Ab sechzig gilt diese Regel nicht mehr. Da findet man keine anderen mehr. Außer Witwer. Und Junggesellen, die keiner wollte«, sagte Tante Maggie und nippte an ihrem Prosecco. »Von denen halte ich mich fern. Die haben alle eine Macke.«

»Wie war's?«, flüsterte ich Anna zu.

»Unglaublich! Sergiu hat mich hinter dem Boxclub geküsst.«

Das hatte ich geahnt. Sergiu machte keine halben Sachen.

Ich holte für uns auch zwei Gläser. Mein Vorsatz, weniger zu trinken, war in der Praxis nicht so richtig gut umsetzbar. Ich schenkte uns beiden die Gläser randvoll und stieß mit meiner Schwester an. Ein Hoch auf Sergiu! Er rettete Anna aus ihrem Selbstwerttief. Wobei ich persönlich es bevorzugte, mich an den eigenen Haaren aus dem Sumpf zu ziehen. Selbstbestätigung mithilfe von Männern zählte nur im absoluten Notfall. Wobei Anna nach sieben Jahren Ehe mit Julius als absoluter Härtefall zu sehen war. So was bekam man alleine nicht mehr in den Griff.

»Gibt es Neuigkeiten von Evelines Urne?«, wollte Tante Bärbel wissen und deutete mir an, dass ich eine neue Flasche öffnen sollte.

»Ist in Arbeit«, sagte ich. »Ich weiß, wo sie ist, und kümmere mich drum.«

»Nimm dich vor der Frau mit Bürstenschnitt in Acht!«, warnte mich Maggie. »Sie schwingt auf einem ganz niedrigen Level. Solche Leute sind mit Vorsicht zu genießen.«

Sie meinte Magda Teufel.

»Ja, Liebes, lass dich nicht von ihr erwischen!«, sprang ihr Tante Bärbel bei.

Ich schenkte meinen Tanten nach. Ich hatte überhaupt keine Lust auf irgendwelche Horrorszenarien.

»Es gab mal so einen Horrorfilm«, sagte Tante Maggie, »der spielte in einem Beerdigungsinstitut.«

»Nicht lustig.«, unterbrach ich sie. »Ich will nichts davon hören!«

Anna verdrehte die Augen und hielt mir ihr Glas hin.

»Cressi, das alles hat irgendwann ein Ende«, flüsterte sie.

»Meinst du?« Manchmal dachte ich, mein Leben würde ewig so weitergehen. Ein Wahnsinn nach dem anderen mit drei Tanten im Schlepptau.

»Spätestens wenn sie tot sind«, überlegte Anna.

»Aber dann gibt es immer noch uns und Eva.«

Und die zahlreichen Kinder, die Eva noch mit Holger Schmidt zeugen würde. Wahrscheinlich würde sich dieses verrückte Familienkarussell nie zu drehen aufhören.

»Was ich noch sagen wollte«, ich klopfte auf den Tresen, um meine schnatternden Tanten zu unterbrechen. »Es geht um Pfarrer Drews.«

»Hat sich denn sein Geisteszustand verschlechtert?«, fragte Bärbel mit einem Blick nach draußen auf Pfarrer Drews.

»Na ja, er hat seine lichten Momente. Und dann wieder nicht«, sagte ich.

Heute Morgen hatte er mich auf der Fahrt mehrmals mit »Jody Banks« angesprochen. Ich weiß, ich war selbst schuld. Man verschaukelte keine Demenzkranken. Das war wirklich unterste Schublade. Und jetzt musste ich die Sache ausbaden. Aber alles in allem war Pfarrer Drews ein erstaunlich angenehmer Zeitgenosse. Wenn man ihn nicht mit einem Religionsthema triggerte. Ich hoffte, dass er seine Pfarrervergangenheit irgendwann ganz vergessen würde. Wobei dieses Glaubensding wahrscheinlich das Einzige war, das sich ganz tief in sein Bewusstsein eingebrannt hatte.

»Ich finde es toll, wie du dich um ihn kümmerst, Cressida«, lobte mich Tante Violetta, was sich aus ihrem Mund immer etwas seltsam anhörte.

»Und genau darum geht es«, hakte ich ein. »Tante Bärbel, ich finde, du solltest Pfarrer Drews zu dir nach Hause holen. Er fühlt sich im Marienstift nicht wohl. Und du hast doch so einen guten Draht zu ihm. Und Platz in der Wohnung.«

Ich konnte wirklich eine Bitch sein.

»Findest du?« Tante Bärbel lief rot an. »Ist das überhaupt erlaubt?«

Pfarrer im Ruhestand adoptieren? Keine Ahnung. Darüber hatte ich noch nie nachgedacht.

»Natürlich, ich wette, ihr wärt das perfekte Paar gewesen, wenn er kein Pfarrer gewesen wäre!«, half mir Anna. »Und du nicht mit Onkel Frieder verheiratet gewesen wärst.«

»Gott hab ihn selig«, Bärbel bekreuzigte sich. »Eigentlich wollte ich keinen Mann mehr im Haus haben. Sie schnarchen im Alter. Und man muss sie ständig daran erinnern, die Unterwäsche und ihre Socken zu wechseln.«

»Die Idee ist gar nicht so schlecht«, überlegte Maggie. »Ihr könntet zusammen eine Kreuzfahrt machen. Das wäre bestimmt ein Spaß. Da könntest du den ganzen Tag am Büfett rumhängen.«

»Eine Flusskreuzfahrt«, warf Violetta ein, »da würde ich glatt mitkommen. Letztens hatte ich Werbung von einer Flusskreuzfahrt im Briefkasten. Ich dachte noch, so etwas würde ich gerne machen, wenn ich in Rente bin.«

Ich zog Anna nach draußen. Wir setzten uns neben Pfarrer Drews in die Sonne, schwiegen und tranken unseren Prosecco. Wischnewski kehrte gerade seine Stiege und winkte zu uns herüber. Pfarrer Drews schnarchte leise.

»Wir sollten mal wieder etwas Normales tun«, sagte ich zu Anna. »Tanzen gehen, feiern oder so etwas. Nichts mit Urnen und Bistros, Tanten oder Samenspendern.«

»Sehe ich auch so.«

»Dann fühlen wir uns vielleicht wieder normal«, meinte ich.

Ich hatte gerade ein sehr intensives Déjà-vu. Als hätten Anna und ich dasselbe Gespräch schon einmal geführt.

»Glaubst du?« Anna sah mich zweifelnd an.

Im Evvie's lachten meine Tanten gackernd, und wir hörten noch einen Korken knallen. Wenn ich nicht aufpasste, würden sie meine ganzen Vorräte für die Eröffnung räubern.

Ich zuckte mit den Schultern.

»Nee«, sagte ich dann, »aber was ist schon normal.«

#catchthestranger

In der Nacht lag ich wach. Ich hatte mich in Mikas Armbeuge gekuschelt und lauschte seinen gleichmäßigen Atemzügen. Lucinda Beckett war über Nacht bei Jay, und wir hatten ihr Bett okkupiert. Der Sommerwind rauschte in den Bäumen vor dem Haus, und ab und zu schrie ein Vogel vor den trägen Geräuschen der schlafenden Stadt.

Ich musste an die vielen Dinge denken, die mir Lindholm zu meinen zahlreichen Ängsten gesagt hatte. Ich hätte sie aufschreiben sollen und nummerieren. Vielleicht auf Karteikarten. Damit ich sofort etwas aus Lindholms reichem Erfahrungsschatz verbraten konnte, wenn mir danach war.

Wenn ich mich bewegte, schlang Mika seine Arme enger um mich, zog mich zu sich und drückte mir im Schlaf seine weichen Lippen auf die Stirn.

Das Verrückte war, ich wollte nicht, dass es aufhörte. Ich hätte bis in alle Ewigkeit mit Mika in Lucindas Bett liegen können. Mit seinen Armen um mich. Das war doch komplett verrückt. Ich wollte keinen Freund, keine Beziehung, keine Nähe. Niemanden, der mich und all meine Fehler so gut kannte. Ich wollte niemanden, der dabei war, wenn ich ausrastete und meine Tränen wegwischte. Das konnte ich allein. Darin war ich richtig gut.

Lindholm hatte mit mir noch nie darüber gesprochen, wie ich mit der Angst vor dem Ende einer Beziehung umgehen konnte. So etwas kannte ich bisher nicht.

Mein Telefon summte, und ich fluchte innerlich, weil ich es nicht auf Flugmodus gestellt hatte. Es war fast Mitternacht. Wer konnte da schon anrufen. Mutter war tot. Die war die Einzige gewesen, die so etwas brachte. Ihr waren Uhrzeiten egal. Sie war sogar tödlich beleidigt, wenn man es nicht schaffte, beim zum dritten Klingeln dranzugehen. Hätte ja sein können, dass sie vor dem dritten Klingeln starb.

Ich befreite mich vorsichtig aus Mikas Umarmung und tastete nach meinem Handy.

»Mädchen?«, hörte ich Wischnewskis Stimme. »Cressi, bist du das?«

»Wischnewski! Es ist mitten in der Nacht!«

»Ich hab sie!«, brüllte er so laut ins Telefon, dass ich befürchtete, Mika könnte davon aufwachen.

»Leiser, Wischnewski!«, zischte ich. »Wen haben Sie?«

»Die verdächtige Person, Cressi! Du musst unbedingt kommen!«

»Wo ist sie?«

»In meinem Keller!«

»Gott, Wischnewski! Sie machen sich strafbar. Sie dürfen keine Leute in Ihrem Keller einsperren.«

Ich konnte hören, wie Wischnewski überlegte. Nicht einmal das konnte er leise machen.

»Ich wollte, dass du sie siehst, bevor ich die Polizei rufe«, sagte er dann.

»Okay, bin unterwegs!«

Ich schwang meine Beine aus dem Bett, tastete nach meinen Klamotten, schnappte mir noch einen Hoodie von Mika und zog Lucinda Becketts ausgelatschte Birkenstock an. Es war Eile geboten. Ich kritzelte eine Nachricht für Mika auf einen Zettel, falls er aufwachte. Was er nicht tun würde. Dann erklärte ich Schröder, dass ich gleich wieder da wäre. Vermutlich wäre es wirklich besser, über dem Evvie's zu wohnen, überlegte ich, während ich die Treppen hinunterlief und das Lastenrad aus dem Fahrradschuppen holte. Dann wäre ich im Notfall vor Ort. Wie ich Wischnewski und mich kannte, dürfte es öfter einen Notfall geben.

Wischnewski wartete schon auf seinem Treppenabsatz auf mich.

»Es ist eine Frau!«, rief er, kaum war ich vom Rad gesprungen.

»Sie haben sie aber nicht gefesselt und geknebelt?«, wollte ich wissen.

Wischnewski schüttelte den Kopf.

»Es ist eine winzige asiatische Frau«, klärte er mich auf. »Sie jagt mir wirklich Angst ein. Würde mich nicht wundern, wenn sie jemanden mit Blicken töten könnte! Deswegen habe ich auch hier oben gewartet. Sie hat mich beschimpft.«

»Eine winzige asiatische Frau.«

»Sie hat mich auf Chinesisch beschimpft. Wer weiß, was sie mir alles an den Hals gewünscht hat.«

Wahrscheinlich irgendwelche furchtbaren unheilbaren Krankheiten, die mit dem Verlust von Körperteilen einhergingen.

»Sie haben doch keine Angst vor Frauen, Wischnewski«, sagte ich.

Er hob nur die Hände und machte keine Anstalten vorauszugehen.

Ich schob mich an Wischnewski vorbei die Kellertreppe hinunter. Eigentlich hätte ich sie schon auf der Wildkamera erkennen müssen. Aber der Steppmantel hatte mich in die Irre geführt. Ich hatte Pum noch nie in einem Steppmantel gesehen. Das nur zu meiner Entschuldigung.

Sie saß mit verschränkten Armen auf Wischnewskis altem Bürostuhl. Ehrlich gesagt, mir machte sie auch Angst.

»Mädchen!«, fauchte sie. »Was will dieser schreckliche Mann?«

»Pum, es handelt sich um ein Missverständnis. Wischnewski wollte nur helfen. Er dachte, du willst das Evvie's beklauen.«

»Ich? Beklauen? Dich?«, schnaubte Pum empört.

»Ich sag's ja. Sorry. Missverständnis.«

Ich atmete aus und wieder ein. Hinter mir schob Wischnewski seinen Kopf vorsichtig durch die Tür.

»Du kennst dieses Teufelsweib?«, wollte er wissen.

»Du ziehst mich in deinen Keller! Ich dachte, du bist Psychokiller!«, fuhr Pum Wischnewski an, der erschrocken den Kopf einzog. »Habe mit Leben abgeschlossen und dachte, ich lande zerstückelt in Tiefkühltruhe!«

Sie deutete auf Wischnewskis Eistruhe.

Ich deutete auf Pum. »Darf ich vorstellen, Pum, die Chinaimbissbesitzerin meines Vertrauens, und das …«, ich wies auf Wischnewski, der ein sehr verlegenes Gesicht machte, »… ist Herr Wischnewski, Eislieferant meines Vertrauens und … ähm … Hausmeister …«

Langsam trat Wischnewski durch die Tür, hielt aber respektvollen Sicherheitsabstand zu Pum.

»Sie ist vor dem Evvie's herumgelungert«, sagte er.

»Wischnewski, du hast Meise! Ich habe Glückssprüche gesprochen. Muss man machen im Drachenmond. Heute ist Drachenmond!«

»Es hat ausgesehen, als wolle sie einbrechen! Sie hatte ihre Hand auf der Türklinke, mitten in der Nacht!«

Vertrackte Situation, würde ich sagen.

»Es heißt Drachenmond«, sagte Pum beleidigt. »Mond ist in der Nacht. Nicht Tag. Ich kann Mädchen nur Glück machen, wenn ich richtige Zeit wähle. Ritual ist wahnsinnig kompliziert. Habe es von meiner Urgroßmutter überliefert.«

»Verständlich«, versuchte ich einzulenken.

»Und ich kann Cressi nur helfen, wenn niemand ins Evvie's einbricht. Wenn noch mal etwas wegkommt, das würde ich mir nie verzeihen!« Wischnewski legte seine Stirn in Falten.

»Ich. Wollte. Nichts. Wegnehmen!«, zischte Pum. »Wollte Geldsegen ins Evvie's ziehen. Für Mädchen. Sieh sie dir an! Kann nicht mit Geld umgehen, und Eröffnung ist diese Woche. Wird Katastrophe ohne Geldsegen!«

»Leute, ich bin gerührt.« Ich war wirklich gerührt. »Es ist toll, dass ihr mir helfen wollt.«

Jeder auf seine eigene schräge Art. Es war wirklich fantastisch. Ich musste mir wirklich, wirklich langsam Gedanken darüber machen, welche Freaks ich in mein Leben zog. Es waren nette Freaks. Aber eben Freaks. Vielleicht sollte ich doch ein paar Meditationsworkshops besuchen, um an meinem Karma zu arbeiten. Es musste mit Karma zu tun haben. Oder stand irgendwo auf meiner Stirn: Du bist schräg drauf? Du suchst Anschluss? Melde dich bei Cressida Catterberg!

Ich rieb mir die Augen. Es war wirklich spät. Und ich musste am nächsten Morgen früh raus. Ich wollte zu Metro und hatte dafür Sergiu extra wegen seines Transporters angehauen. Das Metro war die Hölle. Da musste ich fit sein.

»Ich könnte dich anzeigen, Wischnewski«, knurrte Pum, »wegen Freiheitsberaubung.«

»Ich könnte sie wegen verdächtigen Verhaltens anzeigen«, sagte Wischnewski zu mir und deutete mit dem Zeigefinger auf Pum.

»Lassen Sie uns kurz allein?«, bat ich Wischnewski, und er verließ widerwillig den Keller.

Ich konnte ihn vor der Türe grummeln hören.

»Stattlicher Mann«, sagte Pum. Sie wirkte plötzlich viel aufgeräumter. »Hat er Frau?«

»Schau dich um, Pum. Sieht das hier nach Frau aus?«

»Er könnte Frau gebrauchen. Du sagst, er hat Eisgeschäft.«

Ich deutete auf die Eistruhe, und Pum nickte.

»Eis ist gute Sache. Wird nicht so schnell schlecht wie Hühnchen.«

»Wischnewski ist wirklich in Ordnung. Er wollte nur helfen. Er ist manchmal etwas tollpatschig«, sagte ich, »aber er hat einen guten Kern.«

»Sehr zielstrebiger Mann.«

»Wenn du meinst.«

»Und groß. Ich mag große Männer.«

Das konnte ich verstehen. Wobei für Pum mit ihren ein Meter fünfzig so ungefähr jeder Mann groß wäre.

»Wischnewski ist wirklich ein guter Freund«, sagte ich.

»Deine Freunde sind auch meine Freunde.«

»Prima«, ich atmete auf. »Dann wirst du ihn nicht anzeigen?«

»Ach. Schon vergessen. Ich habe Drachending wegen Glück gemacht. Manchmal springt Glücksenergie auf viele Personen«, überlegte Pum. »Könnte sein, dass Glück auf dich, mich und Wischnewski gesprungen ist!«

Ich musste wirklich ins Bett. Oder ich brauchte dringend einen Schnaps. Allerdings wollte ich nicht wissen, was Wischnewski dahatte. Wahrscheinlich etwas Hochprozentiges, von dem ein normaler Mensch blind wurde.

»Sie können wieder reinkommen, Wischnewski.«

Wischnewski öffnete vorsichtig die Tür. Ich nahm ihn zur Seite.

»Ich würde Pum ein Eis anbieten«, flüsterte ich ihm ins Ohr.

Dann wankte ich die Treppe hinauf. Ich sehnte mich nach Mikas warmem Körper in Lucinda Becketts Bett. Nach seiner Armbeuge und seinen Lippen auf meiner Stirn.

#thespeech

Nachdem ich die halbe Nacht mit Pum und Wischnewski und Sex – nachdem ich wieder heimgekommen war – verballert hatte, konnte die Fahrt zu Metro nur ein Albtraum werden. Ich war keine gute Autofahrerin, schon gar nicht unausgeschlafen. Deswegen hatte ich Phil organisiert. Außerdem fand ich, dass er sich langsam etwas mehr ins Evvie's einbringen konnte. Wir trafen uns vor dem Bistro, wo uns Sergiu die Schlüssel für den Transporter aushändigte.

Im Auto brachten wir einander auf den neuesten Stand. Ich erzählte Phil von meiner Hormonproblematik, und Phil erzählte mir, dass er die Agentur gewechselt hatte. Nun hatte er mehr Zeit für das Evvie's, weil er nur noch quasi Teilzeit arbeiten würde. Darauf, wie das funktionierte, ging Phil nicht näher ein. Dafür erzählte er sehr ausführlich von einem Typ, den er in einer Bar an Land gezogen hatte.

Wenn ich Phil zuhörte, ging es mir immer sofort besser. Es gibt Leute, die hören beim Einschlafen irgendwelche Geräusche über Kopfhörer. Grillenzirpen, Walgesänge oder sogar Waschmaschinen und Ventilatoren.

Mich brachten Phils Geschichten runter. Sie versetzten mich umgehend in einen angenehmen Zustand der Entspannung, den ich sonst nur bei Taxifahrten empfand. Womöglich war es doch irgendwie schlecht für meine Psyche, dass ich neuerdings nur noch mit dem Lastenrad unterwegs war und komplett auf Taxifahrten verzichtete. Vielleicht sollte ich zumindest ab und zu ein Taxi bestellen, nur um mein Stresslevel zu senken.

»Hör mal«, sagte Phil, »was hältst du von bayerischen Tapas?«

Ich sah ihn nur fragend an.

»Na, so was wie Brezenknödel mit Vogerlsalat. Wir könnten die einzelnen Gerichte immer mit einem Fashionthema verbinden. Kartoffelsalat à la Glööckler oder Mini-Mooshammerburger. Klein und schick und alles miteinander kombinierbar.«

»Hört sich bombe an«, gab ich zu.

Manchmal machte mich Phils Einfallsreichtum wirklich sprachlos. Sein Talent war vergeudet, solange er Models mit Schrottklamotten einkleidete.

Phil strahlte.

»Den Mini-Mooshammerburger finde ich besonders klasse«, gab er zu. »Dazu können wir dann Daisys Lieblingspommes anbieten!«

Wir grinsten uns an.

»Danke, Phil«, sagte ich. »Du bist wirklich der Beste!«

Wir bogen gerade auf den Metroparkplatz ein, als das Handy in meiner Tasche klingelte. Als ich es herausnahm, sah ich, dass es Magda Teufel vom Bestattungsinstitut war. Ich bedeutete Phil, dass ich drangehen musste.

»Frau Catterberg«, sagte sie. »Ich überfalle Sie nur ungern, aber unser Trauerredner ist erkrankt. Ich dachte mir, das wäre die perfekte Gelegenheit für Sie, gleich etwas praktische Erfahrung zu sammeln. Das Manuskript ist natürlich schon fertig, Sie müssen es eigentlich nur ablesen.«

Nur ablesen? Mein Blutdruck war sofort auf hundertachtzig.

»Aber ich sollte doch erst einmal nur zuhören! Ich habe doch noch gar nicht angefangen zu arbeiten«, wandte ich ein.

Und das hatte ich auch nicht vor. Ich wollte nur unauffällig durchhalten, bis ich die Urne hatte und fristlos kündigen konnte. Ich hatte nicht damit gerechnet, dass mein erster Einsatz so schnell kommen würde.

»Es wird ein Sprung ins kalte Wasser«, sagte Frau Teufel fröhlich. »Aber ich traue Ihnen zu, dass Sie die Situation bewältigen! Sie sind doch eine selbstbewusste junge Frau.«

Phil parkte den Transporter und schaltete den Motor aus. Er sah mich fragend an.

»Rufen Sie sich ein Taxi. Die Kosten übernimmt das Beerdigungsinstitut. Ausnahmsweise natürlich wegen der Notlage.«

Ich konnte nicht Nein sagen. Sie würden mich womöglich rausschmeißen, wenn ich sie nun im Stich ließ. Und die Taxifahrt war umsonst. Eine kostenlose Taxifahrt schlug man nicht aus, das brachte wahrscheinlich grässliches Unglück. Und Unglück konnte ich gerade überhaupt nicht gebrauchen.

Ich bestellte ein Taxi und drückte Phil den Einkaufszettel samt meiner Geldbörse in die Hand. Das war wahrscheinlich nicht die beste Idee. Phil war für sein ausschweifendes Einkaufsverhalten bekannt. Vor allem, wenn man ihn in die Alkoholabteilung ließ. Da konnte es vorkommen, dass er es vollkommen eskalieren ließ. Ich sah ihn schon mit Sergius Transporter bis unters Dach voll mit Wein- und Proseccoflaschen nach Hause kommen. Aber das Zeug wurde ja nicht schlecht. Dann schrieb ich eine Notfall-WhatsApp an Lucinda Beckett. Zum Glück war sie genauso smartphonesüchtig wie ich und hing ständig an ihrem Handy, meistens um irgendwelche komischen Dracheneier auszubrüten. Sie antwortete sofort. Wir verabredeten uns am Friedhofstor, sie würde mit dem Lastenrad kommen. Ich war ihr unendlich dankbar. Niemand konnte so eine Extremsituation alleine durchstehen. Phil verschwand im Metro, und ich stieg in mein Taxi. Ich kämpfte wirklich hart mit mir, um Lindholm nicht anzurufen. Doch dann knickte ich ein und wählte seine Nummer.

»Irgendwelche Tipps für Trauerreden?«, sagte ich, als er endlich ranging.

»Bleiben Sie authentisch«, riet er mir, »aber weinen Sie nicht. Das könnte die Trauergemeinde verstören.«

Ach so. Nur kein Druck.

»Warum fragen Sie?«

»Ist nicht so wichtig. Ich mache gerade so einen abgefahrenen Psychotest.«

»Es ist gut, wenn Sie sich mit Ihrer Psyche beschäftigen. Aber Psychotests aus dem Internet würde ich an

Ihrer Stelle meiden. Meistens zieht man aus derartigen Tests die falschen Schlüsse.«

Ich lehnte mich zurück und schloss die Augen. Ich hatte ungefähr fünfzehn Minuten Fahrtzeit, um mich innerlich vorzubereiten. Und ich hatte das dumpfe Gefühl, dass das nicht so klappen würde. Meine Hände schwitzten. Ich konnte kaum mein Smartphone halten.

»Ich nehme an, Sie stellen sich endlich Ihrer Trauerarbeit«, sagte Lindholm.

»So könnte man es nennen«, sagte ich schwach.

Ich brachte es nicht übers Herz, ihm die Wahrheit zu sagen. Auch ich habe meinen Stolz. Und ich wollte nicht, dass Lindholm mich für völlig durchgeknallt hielt. Natürlich würde er mich nicht verurteilen, egal, was ich tat. Er würde es immer auf mein verkorkstes Seelenleben zurückführen.

»Wunderbar! Ich finde es fantastisch, dass Sie sich Ihrem Schmerz stellen. Sie sind mutiger, als ich dachte.«

»Was, wenn ich vollkommen durchdrehe?«, wollte ich wissen.

»Denken Sie darüber nach, was das Schlimmste wäre, was passieren könnte.«

»Für den Fall, dass ich durchdrehe?«

»Genau. Schließen Sie die Augen, und stellen Sie sich das schlimmste Szenario vor.«

Ich schloss gehorsam die Augen. Ich könnte vor der Trauergemeinde in Tränen ausbrechen und am Rednerpult ohnmächtig werden. Wenn ich ohnmächtig würde, könnte ich umfallen, und jeder könnte sehen, dass ich einen String unter meinem Kleid trug. Warum trug ich keinen normalen Slip. Highwaist. Oder am besten gleich Boxershorts.

Oh mein Gott. Ich hatte überhaupt die falschen Klamotten an. Niemand hielt eine Trauerrede in einem geblümten Kleid von Pull & Bear. Ich würde mich komplett lächerlich machen in dem Aufzug.

»Na?«, hakte Lindholm nach.

»Ich könnte mich komplett lächerlich machen«, teilte ich meinen letzten Gedanken.

Den Teil mit dem String verschwieg ich vorsichtshalber.

»Catterberg. Gefühle zu haben und Gefühle zu zeigen, ist niemals lächerlich. Sie werden ein Stück weiter zu sich selbst vordringen. Umarmen Sie Ihre Gefühle! Seien Sie stolz auf Ihre Gefühle. Sie gehören zu Ihnen!«

Eine derart leidenschaftliche Rede hatte mir Lindholm noch nie gehalten. Wir schwiegen beide einen Moment ergriffen.

»Mir wäre es lieber, ich könnte meine Gefühle ausblenden«, sagte ich dann. »Irgendwelche Tipps dazu? Wie man Gefühle so für, sagen wir, zwanzig Minuten komplett abschaltet?«

Ich hatte wirklich Angst, dass ich das nicht durchstehen würde. Trauerreden würden mich mit Sicherheit wahnsinnig triggern. Womöglich bekam ich Durchfall und Atemnot gleichzeitig.

»Dazu müssten Sie eine jahrelange Erfahrung in der Kunst der Meditation haben. Tibetische Mönche können das.«

Die konnten aber auch ihren Herzschlag auf einen pro Minute herunterfahren. Und ich konnte nur das

Gegenteil. Den Puls in einer Minute auf hundertachtzig jagen. Überhaupt kein Problem. Außerdem war ich einfach nicht der Meditationstyp, anders als Tante Maggie. Und ich wollte auf gar keinen Fall werden wie sie. Dann lieber psychisch gestört, depressiv und meinetwegen paranoid.

»Ich weiß genau, warum Sie das jetzt sagen!«, fuhr ich Lindholm an. »Sie wollen mir nur unter die Nase reiben, dass Sie mir seit drei Jahren raten zu meditieren und ich es nicht auf die Reihe kriege!«

»Ich bin tatsächlich der Meinung, dass Meditation eine gute Sache für Sie wäre. Wenn Sie gelegentlich meine Ratschläge befolgen würden, stünden Sie nicht regelmäßig vor Situationen, mit denen Sie sich überfordert fühlen. Und vergessen Sie Ihren nächsten Termin nicht.«

#graveyardstories #escalation

Zum Glück wartete Lucinda Beckett schon am Friedhofstor auf mich. Ich war kurz davor, sie zu umarmen, hatte aber Angst, dass ich dann unkontrolliert in Tränen ausbrechen würde. Nichts ist schlimmer als Körperkontakt, wenn man kurz vor dem Durchdrehen stand.

»Hey, das wird easy. Du liest den Text vor und denkst an was anderes dabei«, sagte sie.

»Wie soll denn das gehen?«, wollte ich wissen.

»Keine Ahnung. Ich mache das immer so bei Vorträgen. Ich denke dann an die letzte Serie, die ich bei Netflix geguckt habe.«

»Ich glaube nicht, dass das hier funktioniert«, bezweifelte ich. Das kam mir noch schwieriger vor als meditieren. Aber Lucinda Beckett war so abgefahren, mich wunderte gar nicht, dass so etwas von ihr kam.

Gemeinsam gingen wir über den Friedhof. In letzter Zeit war ich ganz schön oft hier. Langsam fühlte ich mich fast heimisch zwischen den Gräbern. In der Ferne sah ich die Trauergemeinde vor der Aussegnungshalle, und meine Knie wurden weich. Mein Kopf fühlte sich plötzlich an, als wäre er mit Watte gefüllt, und meine Ohren rauschten. Ich zog Lucinda hinter einen riesigen Granitgrabstein mit einem Engel, der seine gewaltigen Flügel ausbreitete, und wir gingen in die Hocke.

»Ich packe das nicht«, verkündete ich. »Ich bekomme eine Panikattacke. Ich spüre es ganz genau.«

Ich lehnte mich mit dem Rücken gegen den Grabstein und versuchte ruhig zu atmen. Was mir nicht gelang. Meine Zunge begann zu bitzeln. Ein untrügliches Zeichen, dass ich tatsächlich in voller Fahrt auf eine Panikattacke zusteuerte.

»Du hyperventilierst«, stellte Lucinda Beckett fest und wühlte in meiner Handtasche, bis sie einen Hundekackbeutel fand, den sie mir reichte.

»Hier. Reinatmen.«

Ich hatte Erfahrung mit Atmen in Tüten. Ich hatte viel Zeit auf dem Schulklo damit verbracht. Bei der Erinnerung schossen mir Tränen in die Augen, aber ich riss mich zusammen und befolgte brav Lucindas Anweisungen.

»Du solltest wirklich aufhören mit dieser Scheiße«, meinte sie.

»Das wäre was«, sagte ich in meine Tüte.

»Stell dir vor, was du alles tun könntest, wenn du nicht immer irgendwelchen Bullshit für deine Familie erledigen würdest.«

»Nicht auszudenken.«

»Die ganze Energie, die übrig bleiben würde. Du könntest das Evvie's vernünftig schmeißen und jede Menge Kohle verdienen.«

»Und damit in den Urlaub fahren«, überlegte ich.

Ein schöner Gedanke.

»Du solltest ernsthaft drüber nachdenken, kategorisch Nein zu sagen.«

»Egal, was sie wollen.«

Lucinda Beckett nickte und förderte zwei Fläschchen Kümmerling aus ihrer Bauchtasche zutage.

»Ich dachte mir schon, dass du durchknallst«, sagte sie und hielt mir den Schnaps hin.

Wir öffneten die Fläschchen und tranken sie auf ex. Lucinda war wirklich eine gute Freundin. Der Schnaps brannte bis in meinen Magen, richtete mich aber irgendwie innerlich auf.

»Du versprichst mir jetzt, dass dieser Mist hier das Letzte ist, was du für deine Familie tust. Keine seltsamen Aufträge, Gefallen und sonst was.«

»Ich weiß nicht, ob ich das kann.«

»Und Anna schmeißen wir auch raus«, sagte Lucinda Beckett und knallte noch mal zwei Fläschchen zwischen uns.

»Aber Schröder muss ich nicht ins Tierheim bringen?«

Lucinda Beckett lachte.

»Nein, den Schröder behalten wir! Jetzt versprich es!«

»Okay«, wir stießen noch mal an, und der Schnaps rann durch meine Kehle. »Ich verspreche es!«

Gerade noch rechtzeitig liefen wir in der Aussegnungshalle auf. Ich hatte mich wieder etwas im Griff, was hauptsächlich an den zwei Fläschchen Kümmerling lag.

Lucinda Beckett verdrückte sich in die letzte Reihe, und ich suchte Magda Teufel. Sie wartete hinter dem Sarg auf mich. Sie stand dort in ihrer typischen offiziellen Haltung, die Hände vor dem Bauch gefaltet, die Beine in dem dunklen Hosenanzug parallel nebeneinander. Ich war unglaublich froh, dass sie auf einen offenen Sarg verzichtet hatten. Das machte alles etwas leichter.

»Kommen Sie!«, sagte sie anstelle einer Begrüßung. »Es geht in fünf Minuten los.«

Sie zog mich in einen kleinen Raum hinter der Aussegnungshalle. Das war bestimmt nicht das, was Tante Maggie mit »von der Frau mit Bürstenschnitt fernhalten« gemeint hatte.

»Das ist Ihre Rede!« Sie drückte mir einen Zettel in die Hand. »Die Stellen, an denen Musik eingespielt wird, sind gekennzeichnet.«

»Was tue ich dann?«

»Sie falten die Hände und machen einen besinnlichen Eindruck. Versuchen Sie Ruhe auszustrahlen. Entweder die Trauergemeinde weint, oder die Leute sehen Sie an. Machen Sie sich Ihre Rolle bewusst. Sie sind in dieser Situation die Stütze der Trauernden. All ihre Hoffnungen ruhen auf Ihnen.«

»Okay.«

Mein Herz rauschte mit Karacho in die Hose. Wenn ich eines nicht leiden konnte, dann, angestarrt zu werden. Vor allem nicht, wenn ich alleine am Rednerpult stand und irgendwelche Hoffnungen auf mir ruhten.

»Keine Sorge, dieses Mal wird nur ein Musikstück eingespielt und zwar *Time to say goodbye*. Ein Klassiker. Am Ende Ihrer Rede.«

»Okay.«

Ich hasste dieses Lied. Meine Mutter hatte es dann und wann gespielt, wenn sie überlegt hatte, meinen Vater zu verlassen. Damit wollte sie die Tragik der Situation unterstreichen. Sie liebte es, ein komplettes Drama aus Kofferpacken und Taxibestellen zu inszenieren, nur um dann das Taxi wegzuschicken und die Koffer wieder auszupacken, während wir Mädchen ihr stumm und mit großen Augen dabei zusahen.

»Lesen Sie nicht zu schnell«, riet mir Frau Teufel, »und machen Sie ab und zu eine kleine Pause, in der Sie die Trauergemeinde mitfühlend ansehen.«

»Mitfühlend.«

»Suchen Sie Blickkontakt zu den Trauernden, und schenken Sie ihnen ein kleines unterstützendes Lächeln. Kein breites Grinsen.«

»Lächeln, kein Grinsen«, wiederholte ich.

»Falls Sie sich verschlucken, steht auf dem Rednerpult ein Glas Wasser.«

An Verschlucken hatte ich bis jetzt noch gar nicht gedacht. Gut, dass sie mich darauf hinwies.

»Der Verstorbene heißt Willi Huber. Er war fünfundsiebzig. Seine Frau heißt Veronika Huber. Im Trauergespräch war sie äußerst reserviert.«

Konnte ich nachvollziehen.

»Sie hat wohl keinen besonders guten Zugang zu ihren Gefühlen.«

Ich nickte. Was hätte ich darum gegeben, noch ein kurzes Gespräch mit Lindholm führen zu können. »Alles klar.«

»Na, dann los«, sagte Frau Teufel und schob mich

mit den Zetteln durch die Türe nach draußen in die Aussegnungshalle, wo sich die Trauergemeinde schon gesetzt hatte.

Als ich mit wackligen Knien ans Rednerpult trat, wurde es schlagartig still. Ich räusperte mich und legte die Zettel vor mich auf das Pult. In der hintersten Reihe hob Lucinda Beckett beide Daumen.

»Liebe Trauergemeinde«, las ich vor. »Wir haben uns hier versammelt, um uns von Herrn Willibald Huber zu verabschieden.«

Pfarrer Drews wäre jetzt auch nicht schlecht. Er war ein Ass in Trauerreden. Wie er Mutters Beerdigung verkackt hatte, machte ihm so schnell keiner nach.

»Seine liebe Frau Veronika Huber lernte er 1957 bei einer Tanzveranstaltung kennen. Beide schwangen gerne das Tanzbein und trafen sich alsbald regelmäßig, um ihrem Hobby nachzugehen.«

Ich hob den Blick und sah die Trauernden mitfühlend an. Mein Herz klopfte bis zum Hals. Und viel zu schnell. In meinen Ohren rauschte es. Veronika Huber saß in der ersten Reihe. Sie trug ein schwarzes Kostüm, vermutlich aus den Siebzigerjahren. Sie starrte auf den Boden und hatte die Hände so fest ineinander gepresst, dass die Knöchel weiß hervortraten. Ich konnte es ihr so gut nachfühlen. Man musste fokussiert sein, um nicht durchzudrehen. Ich musste daran denken, dass meine Eltern beide tot waren. Also im Grunde genommen alle drei. Und dass es mir wahnsinnig schwerfallen würde, etwas Nettes über sie in eine Trauerrede zu packen.

»1958 heiratete das Paar und bekam alsbald drei gesunde Kinder. Willibald Huber war ein liebender Vater, der in seiner Freizeit nichts lieber tat, als mit seinen Kindern Radtouren zu unternehmen oder in den Bergen zu wandern.«

Lucinda Beckett hatte recht. Man konnte durchaus an etwas anderes denken, während man eine Rede hielt. Ich dachte jedenfalls an so bescheuerte Sachen, wie dass jedes Familienleben irgendwann endete. Egal ob es glücklich oder schrecklich gewesen war. Meine Brust fühlte sich eng an.

Der Geruch von Weihrauch und Lilien machte mich ganz schwindelig. Ich musste Magda Teufel unbedingt sagen, dass ich diesem Job nicht gewachsen war. Auch nicht, um eine Urne zu klauen. Wenn Lindholm gewusst hätte, dass ich keinen Psychotest machte, sondern eine Trauerrede halten musste, hätte er mir dringend abgeraten. Vielleicht wäre er sogar hier aufgelaufen, um mich zu retten. Der Gedanke, dass Lindholm mich mit wehenden Fahnen aus dieser Situation rettete, brachte mich zum Heulen. Entsetzlicherweise spürte ich, dass wirklich Tränen über mein Gesicht zu laufen begannen. Beim Blick zu Veronika Huber wurde es nur noch schlimmer. Wie sie da so klein und verloren saß. Mit dem flirrenden Staub im Sonnenlicht, das schräg durch die bunten Fenster fiel, um sich herum.

„Er arbeitete als Meister in einer Schreinerei und war bei allen seinen Kollegen sehr beliebt. Gerne trank er nach der Arbeit noch ein Bier mit seinen lieben Kollegen.«

Meine Stimme brach. Veronika Huber hob ihren Blick, und wir starrten uns an. Ich versuchte sie zumindest mitfühlend anzustarren. Gelang mir nicht zu hundert Prozent. Aber ich versuchte es. Ich räusperte mich mühsam.

»Seiner Ehefrau war er immer eine Stütze … Aber, Herrgott, wer hat sich denn diesen Text ausgedacht?", platzte es aus mir heraus. »Wer auch immer schon mal einen geliebten Menschen verloren hat, wäre nie in der Lage, so ein hölzernes Gefasel zustande zu bringen.«

Ich schluchzte.

»Ich habe selbst erst vor Kurzem meine Mutter verloren. Und davor schon meinen Vater. Und meinen anderen Vater. Ich weiß, wovon ich spreche! Man will sich nur noch in einem Eck zusammenrollen und nie wieder aufstehen. Man will nicht einmal auf die Beerdigung, weil dieser ganze Zirkus nichts nützt! Man fühlt sich danach nicht besser. Im Gegenteil!"

Ich konnte nichts dagegen tun. Ich hörte mich an wie eine völlig Irre, die sich womöglich gleich in den Dreck werfen und ihre Kleidung zerfetzen würde, als wäre das eine antike Tragödie. Andererseits konnte ich gerade zutiefst nachempfinden, warum man so etwas tat.

»Ich kann Ihnen allen nur raten, richtig um Ihren Verlust zu trauern. Nicht hier. Nicht leise. Nicht im Stillen. Weinen Sie, bis nichts mehr da ist. Bis alles geweint ist.«

Ein kollektives Schluchzen glitt durch die Trauernden. »Lassen Sie einfach alles raus. Heulen und schreien Sie, wenn es hilft«, schlug ich vor. »Das hätte ich auch viel öfter tun sollen!« Ich spürte, wie ich mich langsam wieder etwas beruhigte. Ich atmete tief ein und sah auf das zerknüllte Redemanuskript in meinen Händen.

»Auch in schwierigen Zeiten ließ er sie nicht im Stich«, las ich vor. »Willibald Huber verließ uns plötzlich und unerwartet. Sein Tod reißt eine nicht zu schließende Lücke in unsere Familie.«

Ich hielt mich am Rednerpult fest. Gleich würde ich womöglich den Boden unter meinen Füßen verlieren. Mein letzter Rest Selbstbeherrschung löste sich in Luft auf. Ich vermisste meine Mutter. Ich vermisste sogar meinen Vater. Und ich vermisste den Typ, den ich nie kennengelernt hatte, der aber mein leiblicher Vater gewesen war. Ich vermisste Mika. Obwohl er nicht tot war. Zum Glück. Nur eben nicht hier. Ich fühlte mich so verloren und leer wie noch nie. Und das sollte etwas heißen.

»Nun geleiten wir Willibald Huber zu seiner letzten Ruhestätte«, sagte Magda Teufel mit sanfter Stimme hinter mir und legte mir ihre Hand auf die Schulter. Gleichzeitig setzte die Musik ein.

#gotit
#dragonsanddevils

Eine Weile saß ich noch immer schluchzend in der leeren Aussegnungshalle. Lucinda hatte sich schweigend neben mich gesetzt und daddelte auf ihrem Handy. Sie entschuldigte sich, dass gerade ein extrem seltener Drache am Schlüpfen war. Aber ich war trotzdem froh, dass sie da war und Dracheneier ausbrütete, während ich einen Zusammenbruch hatte. Wer hatte schon solche Freunde? In deren Gegenwart man ungehemmt weinen konnte, weil sie einen nicht in Verlegenheit brachten und in den Arm nahmen oder irgendwelche komplett abgedroschenen Plattitüden vom Stapel ließen.

Ich begann gerade, mich etwas zu beruhigen, da wurde die Türe zur Aussegnungshalle geöffnet, und Magda Teufel kam zurück. Ich rechnete mit dem Einlauf meines Lebens. Schlechter konnte eine Beerdigung kaum laufen. Eine Trauerrednerin, die sich nicht im Griff hatte, war der reine Horror für alle Beteiligten. Wahrscheinlich würde das Geschäft von Frau Teufel völlig einbrechen, wenn sich dieses Desaster herumsprach.

Sie setzte sich auf meine andere Seite.

»Es tut mir leid«, sagte ich zerknirscht.

Es tat mir wirklich unglaublich leid. Aber zumindest war das ein guter Kündigungsgrund. Total nachvollziehbar.

»Es muss Ihnen nicht leidtun. Veronika Huber hat sich sehr herzlich für die Rede bedankt.«

Ich starrte Magda Teufel fassungslos an.

»Sie sagte, Ihre persönliche Anteilnahme habe ihr sehr viel bedeutet.«

»Oh Mann.«

»Natürlich ist es nicht üblich, dass der Redner oder die Rednerin sich so in die Situation hineinbegibt«, sinnierte Frau Teufel, »aber es ist ein interessanter Ansatz. Erinnert mich an Method Acting.«

»Das war nicht beabsichtigt.«

»Vielleicht sind Sie noch zu nahe an Ihrem eigenen Trauerfall dran.«

»Könnte sein«, gab ich zu.

»Es braucht Jahre, um über einen Verlust hinwegzukommen.«

»Sagen Sie nicht so was!«

Ich wühlte in meiner Tasche nach einem Taschentuch, fand aber keines. Bis jetzt war ich auch nicht so der klassische Taschentuchkonsument. Ich heulte ja noch nicht einmal bei Liebesschnulzen.

»Manchmal begleitet einen ein Verlust ein Leben lang. Was nicht schlecht sein muss.«

»Was kann daran gut sein?«, wollte ich wissen.

»Man versöhnt sich mit vielen Dingen. Und der Schmerz wird irgendwann zu einer bittersüßen Erinnerung. Das kann sehr schön sein.«

Das überstieg jetzt mein Vorstellungsvermögen. Momentan fühlte ich entweder nichts, oder es war, als würde jemand mit dem Messer in einer Wunde bohren. Von bittersüß konnte nicht die Rede sein.

»Trotzdem sollten Sie noch einmal darüber nachdenken, ob Sie wirklich in dieser Branche arbeiten wollen. Sie erscheinen mir doch etwas labil. Und etwas zu empathisch.«

Das hatte noch nie jemand zu mir gesagt.

»Sie sprechen mir aus der Seele!«

»Das dachte ich mir.«

Sie seufzte und lehnte sich in ihrem Stuhl zurück.

»Es ist wirklich schwer, Leute für diese Aufgabe zu finden. Es bestehen große Berührungsängste mit dem Tod. Dabei wäre es so heilsam, sich damit auseinanderzusetzen.«

»Hmm.«

»Ich habe noch etwas für Sie.«

Magda Teufel bückte sich und öffnete ihre Tasche. Darin war Mutters zerbeulte Urne.

»Deswegen waren Sie doch hier«, meinte sie, holte die Urne heraus und wog sie in der Hand. »Ich wusste es gleich, als ich Ihnen das Büro gezeigt habe. Außerdem vergisst man eine Urne mit Swarovski-Steinen nicht. Als die Polizei sie mir gebracht hatte, habe ich mich gleich an Sie erinnert. Es ist nur leider nicht mehr viel drin. Ein Bodensatz.«

Sie stellte mir die Urne auf den Schoß.

»Werden Sie mich anzeigen?«, wollte ich wissen. »Weil ich sie vom Friedhof geklaut habe?«

Magda Teufel schüttelte den Kopf.

»Sie können sich nicht vorstellen, welche Wünsche Sterbende äußern. Wir versuchen, in den meisten Fällen zu helfen. Soweit es uns möglich ist.«

»Auch wenn es gegen das Gesetz ist?«

»Das würde ich so nicht sagen«, sagte Magda Teufel unbestimmt, klappte ihre Tasche entschlossen wieder zu und stand auf.

»Viel Glück auf Ihrem weiteren Lebensweg«, sagte sie, wieder ganz die förmliche Bestatterin, drehte sich um und ging.

Ich bewunderte Menschen wirklich, die sich so resolut von Problemen anderer distanzieren konnten.

Nachdenklich drehte ich die Urne in meinen Händen. Es war seltsam. Ich hatte gedacht, sobald ich sie hätte, würde ich die frohe Botschaft sofort in die »Free Urn«-WhatsApp-Gruppe schreiben. Damit wir diese Sache endlich abschließen konnten. Mit einem fröhlichen Ascheverstreuen und ein paar Flaschen Secco in der Nymphenburg-Bar. So wie es sich Tante Maggie gewünscht hatte. Jetzt hatte ich keine Lust mehr dazu. Ich hatte gehofft, dass ich mit dieser Aktion dieses ganze »Mutter ist tot«-Ding zur Seite legen konnte. Die Wahrheit aber war:

Mutter würde immer tot sein. Praktisch den Rest meines Lebens. Und es würde nicht leichter werden, nur weil ich jetzt ihre Urne in den Händen hielt und den kläglichen Rest ihrer Asche.

»Oh, du hast ja die Urne«, sagte Lucinda, als sie

kurz den Blick von ihren Dracheneiern losriss. »Cool. Mein Drache schlüpft gleich. Wir haben es ja nicht eilig, oder?«

#getaflat
#getacat

Ich radelte Lucinda Beckett und ihren frisch geschlüpften Drachen mit dem Lastenrad ins Glockenbachviertel, wo Jay in einer WG wohnte. Dann fuhr ich weiter zum Evvie's. Die Urne hatte ich in meiner Tasche in die Transportkabine gestellt. Ich hoffte, dass Phil wenigstens die Einkäufe erledigt hatte. Auf dem Weg machte ich kurz halt bei einem Dunkin' Donuts und konsumierte zwei extrafette Donuts mit Toffifeetopping und einen riesigen Kaffee, während ich auf meinem Lastenrad saß und vor mich hin starrte. Morgen war die Eröffnung des Evvie's, und vor lauter Mutterchaos hatte ich keine Ahnung, ob wirklich alles bereit war. Vor allem, ob ich bereit war.

Ab morgen würde ich jeden Tag im Evvie's stehen. Mein Leben würde sich vollkommen ändern. Ich war nur froh, dass ich beschlossen hatte, nicht vor zehn Uhr zu öffnen. Alles andere würde mich umbringen. Kurz bekam ich Panik. Es war fast, als würde ich am nächsten Tag heiraten und wüsste nicht, ob ich wirklich wollte.

Als ich den restlichen Weg radelte, erwischte mich ein kurzer Gewitterschauer, und ich kam vollkommen durchnässt im Evvie's an. Die Tür stand offen, und drinnen rumorte Mika herum. Phil hatte anscheinend die ganzen Einkäufe einfach abgestellt und hatte sich dann davongemacht. Aber er hatte meinen Deko-Olivenbaum bekommen, den ich zwischen die Tische im Außenbereich stellen wollte. Eigentlich hatte ich an ein Olivenbäumchen gedacht. Aber der hier sah ziemlich ausgewachsen aus, und es hingen sogar Oliven an den Zweigen. Phil begeisterte mich immer wieder.

Ich begrüßte Schröder, der auf seinem Stammplatz auf der Türschwelle lag, und umarmte Mika dann wortlos. Ich war einfach nur froh, dass er hier war.

»Babe«, sagte er in mein nasses Haar, »wie warst du als Trauerrednerin.«

»Spitze«, sagte ich. »Ich überlege, das Evvie's zu verkaufen und den Beruf zu wechseln.«

Jemand klopfte gegen den Türrahmen. Es war Wischnewski.

»Mädchen«, sagte er. »Du wolltest doch die Wohnung angucken. Ich habe den Schlüssel dabei. Ich muss sowieso die Katze füttern.«

»Die Katze?«

»Ja, diese verrückte Alte hat ihre Katze dagelassen. Sagt, die kann nicht mehr umziehen.«

Wischnewski zuckte mit den Schultern.

»Heißt das, ich müsste dann eine Wohnung mit Katze nehmen?«

Mein Kopf begann sich zu drehen. Ich hatte nichts gegen Katzen. Aber ich hatte was gegen Mitbewohner, die mir einfach untergeschoben wurden. Und was würde Schröder dazu sagen?

»Sieht so aus. Willst du die Wohnung nun sehen?« Wischnewski wedelte mit dem Schlüssel vor meinem Gesicht herum.

»Okay!«

Ich stellte meine Tasche ab und nahm Mika an die Hand.

»Willst du mitkommen?«, fragte ich ihn.

Mika grinste.

»Ist das ein Heiratsantrag?«

Ich verdrehte halbherzig die Augen und zog ihn hinter mir her nach draußen. Gerade brach die Sonne wieder durch die Wolken. Ein frischer Wind trieb sie in Fetzen über den Himmel. Wir folgten Wischnewski in den Hinterhof und in das Treppenhaus, das in die Wohnungen hinaufführte. Im Flur roch es nach frischer Wäsche und Staub. Die Treppen knarzten unter unseren Schritten.

»Sind Sie sicher, dass sie die Wohnung vermieten will?«, wollte ich von Wischnewski wissen.

Der zuckte nur mit den Schultern.

»Warum nicht? Geld kann doch jeder gebrauchen. Und sie hätte jemand, der auf die Katze aufpasst und nicht nur zum Füttern vorbeikommt.«

Er steckte den Schlüssel ins Schloss, drehte ihn herum, und die Türe sprang auf. Sonnenlicht flutete uns entgegen, und ich drückte Mikas Hand. Die Wohnung war nur zum Teil geräumt. Im breiten Flur standen ein ziemlich schickes Lowboard aus den Fünfzigerjahren und ein Garderobenschrank. In der Küche waren noch der alte Tisch mit den passenden Holzstühlen und ein großer bunter Flickenteppich. Hier war Platz für einen ordentlichen Küchentisch. Nicht wie in Lucindas und meiner Wohnung, wo wir an einer provisorischen Bretterlösung aßen. Auf dem Tisch lag ausgestreckt ein dicker grauer Kater und blinzelte uns an.

»Hallo, Kater«, sagte ich und streichelte über seinen Rücken.

»Vorsicht!«, wollte mich Wischnewski noch warnen, doch der Kater hatte sich schon blitzschnell umgedreht und mir quer über den Arm gekratzt.

»Er ist ein Miststück«, klärte mich Wischnewski auf. »Ich fasse ihn nie an!«

»Ach, deswegen hat sie ihn nicht mitgenommen«, sagte ich und rieb mir über den Arm.

Ich war Schröder gewohnt. Der wollte einfach immer gestreichelt werden. Der Kater verzog sich fauchend unter den Tisch, von wo er uns böse anstarrte.

»Oje«, sagte ich, »der ist aber nicht begeistert von uns. Ich will gar nicht wissen, was passiert, wenn wir ihm Schröder vorstellen.«

»Mord und Totschlag?«, schlug Mika vor.

»Ich lass euch zwei mal alleine«, sagte Wischnewski. »Ich habe noch etwas mit Pum zu besprechen.«

»Pum?«, rief ich ihm nach, doch Wischnewski war schon halb zur Tür hinaus. »Warum müssen Sie etwas mit Pum besprechen?«

»Sie will mein Unternehmen auf Vordermann bringen!«, brüllte er. »Bring mir den Schlüssel nachher wieder, Mädchen, wenn ihr hier fertig seid.«

Ich drehte mich zu Mika um.

»Die sind doch alle verrückt geworden«, sagte ich.

»Pum und Wischnewski sind ein tolles Paar«, behauptete Mika.

»Sie sind zusammen?«, fragte ich fassungslos.

»Keine Ahnung, ich habe nur gesehen, wie Pum vorhin mit Wischnewski in den Keller gegangen ist. Wahrscheinlich treiben sie dort irgendwelche Schweinereien.«

Vor Kurzem hatte ich auf dem Smartphone einen Artikel über japanisches Bondage gelesen. Den hatte ich sofort vor Augen.

»Ich will es nicht wissen«, sagte ich schnell.

»Apropos Schweinereien«, Mika packte mich und hob mich auf den Küchentisch. »Wir können die Wohnung unmöglich nehmen, ohne vorher getestet zu haben, ob die Schwingungen stimmen.«

»Die Sexschwingungen?«, wollte ich wissen.

»Exakt.«

»Du würdest wirklich mit mir hier einziehen?«, fragte ich Mika.

Ich lehnte mich zurück auf meine Ellenbogen und schlang meine Beine um Mikas Hüften. Der Kater schlenderte beiläufig vorbei und sprang auf das Fensterbrett.

»Wenn du mich so fragst …«, Mika kratzte sich am Kopf, »… es sieht aus, als könnten wir hier schon mal ein Zimmer für uns haben. Ich meine, ein ganzes Zimmer für uns. Keine Couch oder so.«

Wir warfen beide einen Blick in die zwei Zimmer, die von der Küche abgingen. Sie waren hell und groß, und eines hatte sogar einen kleinen Balkon. Vor meinem inneren Auge sah ich, wie wir dort frühstückten mit Schröder unter dem Tisch und dem Kater auf dem Balkongeländer. Womöglich wurde ich langsam alt. Wenn man sich nach solchen Dingen sehnte, musste man die Lebensmitte schon überschritten haben.

»Falls wir heimlich einziehen. Und keiner aus meiner Familie mitbekommt, wo wir sind. Wir sollten vorsichtshalber absolutes Stillschweigen bewahren.«

Und wie Bilbo Beutlin auf seiner eigenen Geburtstagsfeier einfach verschwinden.

»Sogar wenn wir Lucinda Beckett mitnähmen, hätten wir ein eigenes Zimmer«, überlegte Mika, »das wäre eine enorme Verbesserung der Gesamtsituation.«

»Anna könnte mit den Kindern in meiner Wohnung bleiben«, schlug ich vor.

»Sergiu könnte zu ihr ziehen«, spann Mika meinen Gedanken weiter.

»Oder Eva, wenn sie ihr Kind bekommt. Sie könnten eine Singlemutter-WG eröffnen. Wenn es mit den Männern nicht hinhaut. Eva könnte eine Hausgeburt in unserer Wohnung machen. Anna kennt sich schließlich mit Geburten aus.«

»Du bist wirklich sehr praktisch veranlagt«, sagte Mika und beugte sich über mich.

Sein Haar kitzelte mich im Gesicht, als er mich küsste.

»Aber Eva ist wahrscheinlich eher der Typ geplanter Kaiserschnitt«, vermutete ich.

Ich konnte mir meine älteste Schwester unmöglich mit Wehen auf einem Hüpfball vorstellen. Oder in einer Gebärwanne.

»Es gibt einen Küchentisch, auf dem wir Sex haben können«, zählte Mika weiter die Vorteile der Wohnung auf.

»Ein unschlagbares Argument! Unsere Bretterkonstruktion in der WG ist dafür völlig ungeeignet.«

»Aber dieser Tisch macht einen sehr stabilen Eindruck.«

»Das finde ich auch«, sagte ich und zog Mika zu mir.

#selflove
#dowhatyouwant

Später saß ich eine Weile allein in der Küche des Evvie's und grübelte über einem Insta-Post für die Eröffnung am nächsten Tag. Ich hatte Phils Einkäufe eingeräumt und noch mit ihm wegen der Eröffnungsfeier telefoniert. Auch wenn das Bistro tagsüber geöffnet haben sollte, hatten wir beschlossen, die Einstandsparty am Abend zu feiern. Ich hatte Phil gefragt, ob ich Lindholm einladen solle, und er hatte Nein gesagt. Was mich wunderte. Phil mochte es, wenn die unterschiedlichsten Menschen miteinander kombiniert wurden. Ich hatte mir schon vorgestellt, wie er und Lindholm zusammen Schnaps an der Bar tranken, bis Lindholm in einer Ecke kollabierte. Wahrscheinlich war es wirklich besser, ihn nicht einzuladen, wenn ich ihn als Therapeuten behalten wollte.

Mittlerweile nervten mich diese Insta-Posts unglaublich. Ich hatte das Gefühl, man musste mindestens Graphikdesign studiert haben, um dieser Sache gerecht zu werden. Ich scrollte mich durch den Feed und blieb eine Weile bei Lindholms Glücksmomenten hängen. Sein letzter Glücksmoment war:

»Fünf Tage keine sozialen Medien – ich fühle mich großartig!«

Lindholm, du hast es drauf, sagte ich zu mir.

Fünf Tage keine sozialen Medien, und ich wäre vermutlich ein völlig neuer Mensch. Ich würde durchschlafen und könnte ein Buch lesen. Und ich würde mich nicht ständig mit Elektrosmog vollsaugen, weil ich vergaß, das Smartphone nachts auszuschalten. Und, noch besser, ich würde mich nicht mehr über den Bullshit ärgern, den irgendwelche Schwachsinnigen auf Facebook und Insta von sich gaben.

»Begrüße dein inneres Selbst«, hatte Lindholm unter den Post geschrieben. »Es wird zum Vorschein kommen, wenn du ihm Raum gibst und dich nicht mit profanen Äußerlichkeiten ablenkst.«

Ich warf mein Smartphone erschrocken zurück in meine Tasche. Lindholm hatte ja so recht. Wie sollte mein Inneres zum Vorschein kommen, wenn ich ständig auf ein Handydisplay starrte. Ich hörte ein metallisches Geräusch. Das Handy war in die deckellose Urne gefallen, die noch immer in meiner Tasche war. In dem Moment summte mein Handy, und ich zog es mit spitzen Fingern aus den kümmerlichen Ascheresten.

Es war Maggie, die eine WhatsApp in die Gruppe geschickt hatte.

»Wie ist der Stand in Sachen Evelines Urne? Hast du sie?«

Wie mich Tante Maggie nervte! Ich atmete tief durch

und drückte die Nachricht weg. Es summte sofort wieder. Bärbel und Violetta, die sich einklinkten.

»Das würde mich auch interessieren!« Bärbel.

»Ich finde, du solltest die Sache nicht auf die lange Bank schieben!« Violetta.

Auf die lange Bank schieben? Ich hatte einen Trauerredeneinsatz hinter mir, der mich völlig fertiggemacht hatte. Wenn ich daran dachte, zitterten meine Beine immer noch.

»Was ist mit Pfarrer Drews, Tante Bärbel? Hast du ihn schon aus dem Seniorenstift befreit?«, schrieb ich wütend zurück.

»Wechsle nicht das Thema!« Maggie.

»Du solltest die Urne bis morgen endlich holen.« Violetta.

»Ich bin noch nicht bereit für einen neuen Mann.« Bärbel.

»Cressi, antworte oder ich komme vorbei!« Maggie.

Ich klemmte mir die Urne unter den Arm und ging mit Schröder nach draußen.

Die Holztische standen ordentlich bestuhlt in der Sonne. Der sachte Wind strich über die gestreiften Sonnenschirme. Phil hatte eine Holzkiste mit Dekokräutern vor den Tischen abgestellt, die wollte ich noch verteilen. Es roch intensiv nach Lavendel und Rosmarin. Den Olivenbaum hatte ich neben den Eingang des Evvie's gerückt. Es war wirklich ein prächtiger Olivenbaum. Ich konnte mir keinen besseren Platz für Mutters Asche vorstellen als hier neben dem Eingang des Evvie's, wo sie immer einen Blick auf die Gäste haben konnte. Ich war mir sicher, dieser Platz war noch besser als der

Eisbach. Mein Handy summte schon wieder, aber ich stopfte es einfach in meine Hosentasche. Sollten sie mich doch mit Nachrichten vollspammen. Ich würde einfach Lindholms Rat befolgen und weniger Zeit mit sozialen Medien verbringen. Irgendwann musste man schließlich anfangen, sein Leben zu ändern.

Mein persönlicher Glücksmoment:

Meinen Tanten nicht sagen, dass ich die Urne längst hatte. Selbst entscheiden, was ich mit der Asche meiner Mutter tun würde.

Schließlich war ich die Einzige, die sich in diese Aktion reingehängt hatte, also konnte ich die Asche auch verstreuen. Oder einbuddeln.

Es war so wenig übrig, dass es reichte, eine Kuhle in die lockere Erde zu machen. Schröder legte den Kopf schief und sah mir dabei zu, wie ich die restliche Asche in die Kuhle schüttete, Erde darüberstreute und festklopfte.

»Schröder, das haben wir gut gemacht«, sagte ich, und Schröder wedelte zustimmend.

Den restlichen Tag verteilte ich Kräutertöpfchen auf Tischen, wischte den Boden im Evvie's, dekorierte die Toiletten mit alten Postkarten, die ich vor einiger Zeit unter dem Tresen gefunden hatte, blätterte in Mutters Kochbuch und goss den Olivenbaum.

Ich war ganz hart dran, mich völlig friedlich und gelassen zu fühlen.

#party
#bavariantapas

Nie hatte ich erwartet, dass meine Insta-Posts so viele Menschen anziehen würden. Vor dem Evvie's sah es aus wie auf einem Straßenfest. Mika zapfte ohne Pause Bier, und Lucinda Beckett, die ich noch kurzfristig organisiert hatte, als ich sah, dass Mika, Phil und ich nicht klarkommen würden, mixte wie am Fließband Sekt mit Holunder. Es waren jede Menge Leute da, die ich von meinen Fotojobs kannte und die mit Phil befreundet waren. Und es waren Leute da, die ich noch nie zuvor gesehen hatte. Die Idee mit den bayrischen Tapas war wirklich der Burner gewesen. Wir waren keine Profis, aber das Zeug schmeckte verboten gut und kam unglaublich geil auf Insta. Das Foto unseres Mini-Mooshammerburgers – natürlich vegetarisch – mit den Daisy Pommes hatte über fünfhundert Likes in den ersten zehn Minuten bekommen.

Ich kam kurz vor fünf mit Pfarrer Drews im Lastenrad zurück. Es wäre komisch gewesen, ihn auszuschließen. Ich organisierte ihm einen Platz am Rand neben

Sergiu, von wo aus er in aller Ruhe dem Treiben zusehen konnte, brachte ihm ein Bier und ein Schnittlauchbrot und sagte Schröder, dass er auf ihn aufpassen solle. Ich hatte das Gefühl, Drews und Sergiu würden sich prima verstehen. Sie waren ja beide eher so vom schweigsamen Schlag. Kurz darauf trudelten meine Tanten in Maggies Postbus ein, und Eva und Anna kamen mit dem Taxi. Ich verzog mich mit meinem Tablett nach drinnen.

»Meine Familie ist da«, informierte ich Mika, der mein Tablett sofort mit Bier vollpackte.

»Gib ihnen was zu trinken. Dann nerven sie nicht so«, grinste er.

»Okay«

Ich riss mich wirklich zusammen. Seit ich Mutters Asche in der Olive verbuddelt hatte, fühlte ich mich irgendwie anders. Ich konnte es nicht so genau festmachen, aber diese absolut eigenständige, unabhängige Tat hatte mich, sagen wir, auf gewisse Weise befreit. Ich fragte mich, wozu ich meine Tanten überhaupt eingeladen hatte. Aus reinem Pflichtgefühl. Man sollte sich das wirklich, wirklich abgewöhnen. Es brachte einen überhaupt nicht weiter.

»Denk an die Wohnung!«, rief er mir nach, als ich schon halb draußen war. »Bald sind wir sie alle los!«

Ich lief mit meinem Tablett nach draußen und direkt meinen Tanten in die Arme.

»Bayrische Tapas«, sagte Violetta gerade. »Was soll denn das wieder sein?«

Mit dem Tablett in der Hand blieb ich vor ihnen stehen.

»Nehmt euch ein Bier«, schlug ich vor, und meine Tanten griffen beherzt zu.

»Schätzchen, hier geht es ja zu wie in Woodstock«, sagte Tante Maggie. »Wo kommen denn die ganzen Leute her?«

»Die sind nur wegen der bayrischen Tapas hier«, sagte ich mit Blick auf Violetta.

Die runzelte die Stirn.

»Wenn du eine Minute hast, müssen wir uns noch mal wegen der Urne unterhalten.«

Maggie legte mir ihre Hand auf den Unterarm.

»Ich habe keine Minute! Absolut nicht.«

»Kann nicht jemand anders kurz übernehmen?«

»Nein. Kann nicht!«, sagte ich ärgerlich.

»Hast du die Urne?«, wollte Tante Bärbel wissen. Sie hatte ihr Bier schon wieder halb leer.

»Sie ist weg«, log ich.

»Was meinst du mit weg?« Violetta riss entsetzt die Augen auf.

In Wirklichkeit hatte ich sie im Evvie's unter den Tresen geschoben. Ich hatte noch keine Idee, was ich mit ihr machen würde. Vielleicht würde ich sie in einer weiteren Nacht-und-Nebel-Aktion wieder auf den Friedhof bringen. Oder unter dem Tresen vergessen und mir in ein paar Jahren denken: Hoppla, die gibt es auch noch!

»Entsorgt.«

»Mutters Urne ist entsorgt?«

Eva und Anna waren unbemerkt hinter mich getreten.

»Ja, entsorgt«, bestätigte ich. »Es war die Frau mit

dem Bürstenschnitt. Sie sagte, beschädigte Urnen bewahrt man generell nur drei Wochen auf. Dann werden sie entsorgt. Wenn keiner sie abholt.«

Mit einer gewissen Häme sah ich zu, wie meine Tanten blass wurden. Es geschah ihnen so recht. Ich schwor mir, ihnen niemals, wirklich niemals zu beichten, dass Mutters Asche in der Olive war. Vor der sie genau in diesem Moment standen.

»Wir waren zu spät!«, jammerte Bärbel und kippte ihr restliches Bier.

Ich drückte ihr ein neues in die Hand. Es konnte nicht schaden, wenn sie etwas entspannter wurde.

»Ich wusste, diese Frau ist der Teufel!«, behauptete Maggie.

Tatsache.

»Sie hat von Anfang an Böses im Schilde geführt. Und jetzt müssen wir Eveline irgendwie den Aufstieg in eine andere Ebene ermöglichen. Aber ich habe ein Seminar zu diesem Thema gefunden. Da werde ich uns anmelden.«

»Also mich nicht«, winkte ich ab. »Maggie, du siehst ja, was hier los ist!«

Außerdem hatte ich in den nächsten Wochen wahrscheinlich einen Umzug zu stemmen. Da konnte ich nicht auf irgendwelchen dubiosen Seminaren zu esoterischen Themen abhängen.

»Ich kann auch nicht«, warf Anna ein. »In den Ferien habe ich die Kinder. Julius arbeitet und kann sich überhaupt nicht in die Betreuung einbringen.«

»Und ich bin schwanger«, sagte Eva.

Sie öffnete ihre Geldbörse und reichte ein Ultraschallbild mit überwiegend undeutlichen schwarzen Flecken herum.

Ich wartete die Kommentare meiner Tanten nicht ab und brachte mein Tablett mit dem restlichen Bier zu den Tischen. Eigentlich hätte ich jubeln müssen. Das Wetter war pünktlich zur Eröffnung fantastisch. Der Laden brummte. Doch ich fühlte mich hauptsächlich wütend. Mir juckte es in den Fingern, Lindholm anzurufen. Er würde mich mit Sicherheit von diesem Trip runterbringen. Aber ich hatte einfach keine Zeit dazu.

Wischnewski kam mit Pum über die Straße und schnappte sich die letzten zwei Biergläser.

»Mädchen«, brüllte er gegen den Trubel an, »wenn das kein Erfolg ist!«

Pum nickte dazu.

»Glückszauber hat seine Wirkung entfaltet«, sagte sie, ohne eine Miene zu verziehen.

»Und ihr beide seid jetzt best friends?«, fragte ich. Ich überkreuzte Zeige-und Mittelfinger.

»Pum hat eine fantastische Idee«, sagte Wischnewski.

Ich machte mir wirklich Sorgen um seinen Bluthochdruck. Mit Pum im Nacken schoss der wahrscheinlich in schwindelerregende Höhen. Zumindest sah sein Gesicht gerade so aus. Wenn Pum schon mich oft stresste, wie sollte dann Wischnewski mit ihr klarkommen? Wahrscheinlich brauchte er binnen kürzester Zeit einen Termin beim Kardiologen. Oder gleich einen Bypass.

»Was für eine Idee?«

»Wir eröffnen ein Imbiss gegenüber. Mit chinesischer Eisdiele!«, verkündete Wischnewski stolz.

»Dann kannst du von unserem großen Erfolg profitieren. Unsere Kunden sind auch deine Kunden!«, sagte Pum.

»Ach!« Mehr fiel mir dazu nicht ein.

»Nun rate mal, wie der Laden heißen wird!« Wischnewski sah mich erwartungsfroh an.

»Bamboo Garden?«, riet ich.

»Mädchen, du bist ein Genie! Ganz die Mutter!«, strahlte Wischnewski.

Ich klemmte mir das leere Tablett unter den Arm und steuerte zurück ins Evvie's. Mein Blutdruck war aktuell auch nicht der gesündeste. Meine Familie stand immer noch neben der Olive und diskutierte anscheinend Evas Schwangerschaft. Sie winkten mir, doch ich hob nur abwehrend die Hände. Das musste Eva jetzt alleine ausbaden. Ich knallte das Tablett vor Mika auf den Tresen und wischte mir mit dem Handrücken über die Stirn. Draußen hatte es gefühlt 40 Grad. Drinnen auch.

»Kannst du bitte nach Lucinda Beckett sehen?«, sagte er. »Sie ist auf der Toilette. Schon seit zehn Minuten. Hier stauen sich schon die Bestellungen!«

Ich warf Mika einen fragenden Blick zu, doch der zuckte nur mit den Achseln. Ich rannte Richtung Toiletten, riss die Türe auf und klopfte an die Kabine.

»Ich bin's. Was ist los? Was treibst du da drinnen?«

»Ich habe den Henkel von meiner Menstruationstasse abgerissen.«

Lucinda Beckett hörte sich verzweifelt an. Langsam hatte ich das Gefühl, dass ihr das neue Beziehungsleben nicht guttat.

»Was benutzt du auch solchen Kram«, schimpfte ich.

»Weil ich ein umweltbewusster, ökologisch denkender Typ bin. Weißt du, wie viele Tampons und Binden jährlich verbraucht werden? Wir Frauen können den Klimawandel mit unserer Menstruation direkt beeinflussen. Wir haben die Möglichkeit, etwas zu verändern. Nur mit unserer Weiblichkeit.«

Auf so eine Diskussion wollte ich mich gerade überhaupt nicht einlassen. Schlimm genug, dass man jeden Monat diesen Mist mitmachen musste.

»Das mag sein«, sagte ich, »aber ich habe noch nie den Faden von meinem Tampon abgerissen. Tampons sind über Jahre erprobt. Und saugen sich nicht am Muttermund fest.«

»Du bist zu festgefahren, Cressi!«

»Sitze ich auf der Toilette und habe den Henkel abgerissen oder du?«

»Ich habe ein Billigprodukt gekauft«, gab sie zu, »das war bei DM im Angebot.«

»Schlechte Idee.«

»Nie wieder spare ich an Menstruationstassen.«

»Gute Idee!«

»Was soll ich jetzt tun?«

»Ich habe null Erfahrung mit Menstruationstassen«, stellte ich klar.

Ich warf einen Blick auf meine Armbanduhr. Mann, wenn Lucinda jetzt ausfiel, war der Tag gelaufen. Schlimm genug, dass ich hier herumstand und Mika mit dem Ausschank allein ließ. Wenn Lucinda nicht meine beste und einzige Freundin gewesen wäre, hätte ich sie glatt mit ihrer Tasse hier sitzen lassen. Aber nach ihrem Einsatz bei meiner Trauerrede konnte ich das nicht bringen.

Ich riss die Türe zum Gang wieder auf.

»Phil!«, brüllte ich. »Bring mal meine Gläser zu den Tischen!«

Phils Gesicht tauchte im Durchgang auf.

»What?«

»Frag nicht, mach einfach!«

Ich warf die Türe wieder zu.

»Das packe ich jetzt nicht. Mein Kreislauf ist gerade ganz schlecht. Weißt du, ich hatte mal eine Bierflasche …«

»Zu viel Info!«, unterbrach ich Lucinda schnell.

Was Lucinda Beckett früher mit Bierflaschen angestellt hatte, wollte ich gar nicht wissen. Mir war klar, ihr Leben musste wild gewesen sein. Zweifellos.

»Und das hier triggert mich gerade enorm!«

Die Türe zur Toilette wurde vorsichtig geöffnet, und ein kleiner, dicklicher, glatzköpfiger Mann um die dreißig kam herein.

»Hey«, sagte er, »ist Lucinda da drinnen? Ich bin Jay!«

Ich hatte mir Jay wirklich anders vorgestellt. Vielleicht wie einen der Elben aus *Herr der Ringe*. Bei dem man nicht so genau wusste, ist das jetzt eine sehr männliche Frau oder ein wirklich wunderschöner Mann. Das traf auf Jay überhaupt nicht zu.

»Ja, ist sie. Sie hat den Henkel ihrer Menstruationstasse abgerissen«, informierte ich Jay. »Ich bin Cressi.«

Wir gaben uns die Hand.

»Liebste, wir bekommen das hin«, sagte Jay warm.

»Okay …« Lucinda hörte sich erleichtert an.

Liebste! War ich im falschen Film? Was ging da ab? Was lief bei mir falsch? Warum lagen anderen Menschen die Liebesbekundungen so locker auf der Zunge. War ich ein Eisblock oder nur wahnsinnig verkopft?

»Ich komme jetzt rein, und dann holen wir dieses Ding aus dir raus …«

Ich verdrückte mich mit dem Gefühl, komplett versagt zu haben. Ich war eine wirklich schlechte Freundin. Ich dachte nur an mich und das Evvie's. Und ich sagte nicht »Liebster« zu Mika. Mir war spontan nach Heulen. Aber dazu hatte ich gerade nicht die Zeit.

»Die bayerischen Tapas sind der Hit«, sagte Phil, als ich an ihm vorbeilief. »Das sollten wir beibehalten!«

»Du meinst, wir sollten ein bayerischer Tapasladen werden?«, fragte ich und griff mir mein Tablett.

»Absolut!«

Wir gaben uns High Five. Das hörte sich nach Plan an. Etwas verspätet und mehr auf einer zufälligen Entscheidung basierend, aber ein Plan. Damit wären wir zumindest ultraflexibel, was die Zusammenstellung der Gerichte betraf. Auf dem Weg nach draußen fing mich Eva ab.

»Warum finden es alle schrecklich, dass ich schwanger bin?« Sie sah reichlich angepisst aus.

»Ich finde es nicht schrecklich«, sagte ich.

Solange ich nicht ständig als Babysitterin einspringen musste.

»Sie meinen, ich werde eine furchtbare Mutter.«

»Wer ist ›sie‹?«

»Die Tanten!«

»Vergiss die Tanten«, empfahl ich ihr.

»Sie denken, ich hätte die Gene unserer Mutter«, Eva lief mir von Tisch zu Tisch nach, und ich stellte meine Gläser ab.

Pfarrer Drews schien in ein angeregtes Gespräch mit Sergiu vertieft zu sein. Ich hatte seit geraumer Zeit den Verdacht, dass sich seine Demenz besserte. Was zugegeben komisch war. Aber als ich im Internet recherchiert hatte, war ich über einen Artikel gestolpert, in dem stand, dass man auch bei einer ausgeprägten Depression Demenzsymptome entwickeln konnte. Wäre ich ein katholischer Priester, hätte ich auch eine Mörderdepression. Ich hatte schon überlegt, Pfarrer Drews heimlich Antidepressiva unterzuschieben. Aber Mika hatte mir dringend abgeraten. Er meinte, das könne auch nach hinten losgehen.

»Wir haben alle die Gene unserer Mutter«, versuchte ich Eva zu beruhigen. »Du musst nur zusehen, was du daraus machst.«

»Ich bin nicht so narzisstisch wie sie«, betonte Eva.

»Du bist egoistisch. Ein Workaholic. Und hast keinen Zugang zu deinen Gefühlen.«

Genauso wie ich. Ich kam mir mit meinen schlauen Erkenntnissen fast vor wie Lindholm. Das machte mich ein bisschen stolz. Was hatte ich nicht alles von ihm gelernt, dachte ich liebevoll. Er war ein Guru. Sozusagen mein persönlicher Guru.

»Du hast keine Ahnung von Kindern«, machte ich weiter.

Eva war später bestimmt eine der Mütter, die ihre Babys im Bus vergaßen, weil sie beim Mailchecken vergessen hatten, dass sie überhaupt ein Kind dabeihatten. Ich musste zugeben, dieses Szenario erfüllte mich mit Sorge.

»Ich mag Kinder nicht besonders«, gab Eva zu, »aber ich glaube, bei dem eigenen wird es anders.«

»Hmmm«, sagte ich. Das dachten doch irgendwie alle.

»Ich habe die Aufkleber für das Lastenrad dabei«, wechselte sie das Thema. »War gar nicht so teuer wie gedacht. Wir können sie nachher noch aufkleben, wenn der Trubel hier vorbei ist.«

»Super!«

Dann konnte ich ab jetzt Werbung für das Evvie's fahren.

Zwei Stunden später war ich schweißgebadet und mit den Nerven am Ende. Wie sollte ich das bloß jeden Tag auf die Reihe bekommen. Wenn ich solchen Zulauf bekam, schaffte ich das niemals allein. Ich erwog, die Aufkleber nicht auf das Lastenrad zu kleben, damit nicht noch mehr Leute das Evvie's fanden. Ich brauchte Angestellte. Jemanden, den ich herumschicken konnte. Anna nahm mir irgendwann mein Tablett aus der Hand und stellte mir einen Stuhl neben Pfarrer Drews und Sergiu. Ich war ihr unendlich dankbar.

Meine Füße waren gefühlt doppelt so dick wie normal. Ich zog meine Schuhe aus und trank ein Bier quasi auf ex.

»Eine sehr schöne Feier«, sagte Pfarrer Drews. »Darf ich fragen, wer geheiratet hat?«

Sergiu und ich warfen uns einen verzweifelten Blick zu.

»Niemand, Pfarrer Drews«, sagte ich. »Es ist nur die Eröffnung des Evvie's, meinem Bistro.«

Ich legte ihm beruhigend die Hand auf den Unterarm.

»Umso besser«, sagte er. »Ich halte nichts von der Ehe. All diese aufwendig inszenierten Verbindungen, die nach kürzester Zeit wieder geschieden werden. Was habe ich mich darüber geärgert. Reine Zeitverschwendung, nenne ich das.«

»Sie haben ja so recht.«

Ich winkte Tante Bärbel, die nur wenige Meter entfernt an ihrem Prosecco nippte.

»Meine liebe Tante Bärbel wollte Ihnen schon lange etwas sagen, Pfarrer Drews.«

Bärbel wurde knallrot im Gesicht. Ich genoss diesen Moment unglaublich, obwohl mir natürlich klar war, dass ich genau die gleiche miese manipulative Tour fuhr wie der Rest meiner Familie. Aber es wurde Zeit, dass ich auch mal einen Move machte. Schließlich war ich eine echte Catterberg.

»Bärbel Catterberg!«, sagte Pfarrer Drews erfreut, weil ihm Bärbels vollständiger Name einfiel. »Es kommt mir vor, als würden wir uns von früher kennen.«

Bärbels Gesicht färbte sich noch tiefer rot.

»Sie wollte Ihnen sagen, dass sie ein Zimmer frei hat. Sie könnten bei ihr einziehen, wenn Sie möchten.«

Ich fühlte mich total beschwingt. Der Laden brummte. Ich hatte ein Bier auf leeren Magen. Und Bärbel hatte einen neuen Mitbewohner.

»Das ist ja fantastisch!«, sagte Pfarrer Drews. »Ich muss gestehen, die Seniorenresidenz ist ein Albtraum.«

»Nicht wahr!« Bärbel war ehrlich entsetzt.

»Da können wir Pfarrer Drews natürlich nicht länger wohnen lassen, nicht wahr, Tante Bärbel?«, hakte ich ein. »Man darf einem Mann, der sein Leben der Gemeinschaft geopfert hat, kein Albtraum-Zuhause zumuten!«

Ich stand auf und überließ Tante Bärbel meinen Sitzplatz.

Mit nackten Füßen lief ich zurück ins Evvie's. Eine Windböe wirbelte durch die Straße und ließ die Sonnenschirme flattern und die Blätter des Olivenbaumes flimmern. Hätte ich an solchen Blödsinn geglaubt, hätte ich gesagt, das war Mutter, die mit uns vor dem Evvie's feierte. Aber wenn ich die Augen schloss und lauschte, konnte ich sogar ihr Lachen hören.

#relationship

Ich hatte mir ernsthaft Birkenstocksandalen gekauft. Bei Vinted. Na ja, sie waren quasi neu, aber zumindest nicht von Zalando oder so. Ich musste zugeben, meine Füße fühlten sich fantastisch darin. Ohne Riemchen und Schnallen und Stöckel. Ich streifte sie ab und vergrub meine nackten Zehen in Schröders Fell. Auch das war ein klarer Vorteil. Dann hob ich den Blick. Lindholms und mein Blick kreuzten sich.

»Sie wirken heute ungewohnt ausgeglichen.«

»Ich bin ausgeglichen«, behauptete ich.

Nach der fantastischen Eröffnung, bei der meine Tanten am Ende betrunken auf der Straße getanzt hatten, Pfarrer Drews in seinem Liegestuhl eingenickt war, Sergiu und Anna in der Küche geknutscht hatten und Lucinda Beckett ihre Menstruationstasse mit Jays Hilfe wiedergefunden hatte, hatten Mika und ich die Nacht in der Wohnung über dem Evvie's verbracht. Auf einem alten Schaffell, das wir in der Kommode im Flur gefunden hatten. Und mit Schröder. Und dem beleidigten Kater auf dem Balkon. Es hatte sich irgendwie richtig angefühlt.

»Wie kommt es dazu?«, wollte Lindholm wissen.

Ah, wie fantastisch ist es, wenn sich ein Mensch bedingungslos für einen interessiert. Auch wenn man ihn dafür bezahlt. Keiner fragt einen über Jahre immer wieder dieselben Dinge. Irgendwann platzt jedem der Kragen. Nur nicht deinem Therapeuten.

»Ich komme gerade meinen Gefühlen näher«, sagte ich.

»Wirklich?«

Irgendwie sah Lindholm misstrauisch aus.

»Ich komme ihnen näher, kann sie aber nicht ausdrücken.«

»Daran sollte dieser bemerkenswerte Fortschritt nicht scheitern.«

»Finde ich auch«, stimmte ich Lindholm zu. »Ich frage mich, warum es mir so schwerfällt. Was glauben Sie?«

»Nach allem, was ich von Ihnen weiß, wurden in Ihrer Familie Gefühlsäußerungen eher negativ bewertet«, sagte Lindholm vorsichtig, »oder lächerlich gemacht.«

»Oh ja.«

»Fällt Ihnen etwas dazu ein?«

»Nicht spontan. Muss ich verdrängt haben.«

Ich lehnte mich behaglich in meinem Sessel zurück und dachte an Mika. Gott, was hatte dieser Kerl für ein Durchhaltevermögen. Und ich rede nicht vom Sex. Nicht nur zumindest.

»Würden Sie Ihre Gefühle denn gerne äußern?«, fragte Lindholm.

»Ab und zu äußere ich meine Gefühle«, sagte ich.

Lindholm machte sein Fragezeichengesicht.

»Ich habe kürzlich zu Schröder gesagt, dass ich ihn sehr gernhabe. Wirklich. Damit habe ich mich schon wahnsinnig aus meiner Komfortzone rausbewegt.«

Ich beugte mich nach vorne und lehnte mich über Lindholms Schreibtisch.

»Die Wahrheit ist«, flüsterte ich. »Ich liebe Schröder. Aber ich bin noch nicht so weit, es ihm zu sagen.«

»Sie sind ein Clown«, sagte Lindholm milde. »Dabei müssen Sie das gar nicht sein. Es ist durchaus in Ordnung, dass Sie Ihren Hund lieben. Es ist auch in Ordnung, dass Sie Ihren Partner lieben.«

»Oh nein«, wehrte ich ab, »das ist nicht in Ordnung. Es bringt einfach kein Glück, Menschen zu lieben. Mit Hunden ist das vielleicht möglich. Aber nicht mit Menschen.«

»Was könnte passieren, wenn Sie jemanden lieben?«

»Was passieren könnte? Mein Gott, die absolute Katastrophe! Ich verliebe mich und sage es auch noch, und dann lässt mich der Kerl sitzen.«

»Wer sagt das?«, wollte Lindholm wissen.

»Was ist das für eine Frage? Das weiß doch jeder!«

»Jeder weiß, dass man verlassen wird, wenn man liebt?«

»Exakt, Lindholm!«

Lindholm nippte vorsichtig an seinem Matcha und überlegte.

»Könnte es nicht sein, dass man manchmal verlassen wird und manchmal nicht und dass man dieses Verlassenwerden tragischer wahrnimmt, wenn man den anderen liebt?«

»Könnte sein.«

»Nehmen wir an, Ihr Hund stirbt. Das wäre auch tragisch für Sie.«

Jetzt machte ich mein Fragezeichengesicht.

»Würde die Tatsache, dass Ihr Hund sterben könnte, rechtfertigen, dass Sie ihn vorher nicht lieben?«

»Natürlich nicht!«, sagte ich empört.

»Wäre es nicht unendlich schade, einen Hund zu besitzen und ihn nicht zu lieben, nur weil er sterben könnte beziehungsweise irgendwann auf jeden Fall sterben wird?«

Ich schwieg zerknirscht.

»Kommen wir auf Ihre Gefühlsäußerungen zurück«, lenkte Lindholm ein, und ich entspannte mich wieder etwas.

»Vielleicht ist es nicht wichtig, dass Sie im Moment Ihre Gefühle äußern.«

Das wollte ich hören. Lindholm wusste, wie man Therapiesitzungen führt. Er achtete streng darauf, dass die Sitzung nicht zu frustrierend für den Klienten war. Er sah immer zu, dass sie mit etwas Positivem endete. Zumindest fast immer. Das war der Schlüssel seines Erfolgs. Lass die Sitzung positiv enden, dann kommt der Patient wieder. Völlig klar.

»Ganz meine Meinung«, sagte ich erleichtert. »Ich hatte gehofft, dass Sie das auch so sehen. Ich brauche einfach noch Zeit.«

Mit meinen Füßen tastete ich nach den Birkenstocks. Die Stunde war fast um.

»Jede Beziehung ist anders. Man kann Gefühle auf ganz unterschiedliche Weise ausdrücken. Es müssen nicht immer Worte sein. Es können auch Taten sein, die eine Beziehung festigen. Berührungen. Intimität. Berührungen sind oft viel bedeutsamer als Worte.«

»Ich habe gar keine Beziehung«, sagte ich schwach.

»Doch. Haben Sie.« Er sah mich streng an.

»Habe ich?«

»Ja. Haben Sie!«

»Es ist kein Albtraum?«, wollte ich wissen.

Lindholm schüttelte den Kopf. Irgendwie hatte ich das schon geahnt.

»Kein Albtraum und auch kein Traum. Es ist einfach die Realität. Zumindest das, was wir darunter verstehen.«

Lindholm stand auf und schüttete seinen Matcha in die Yuccapalme. Selbst das sah bei ihm irgendwie bedeutsam aus. Als hätte es einen tieferen Sinn, Matcha in eine Topfpflanze zu schütten. Wahrscheinlich war es der Weg zu innerer Gelassenheit. Oder Erleuchtung. Ich sollte mein Geld in Matcha und eine Yuccapalme investieren.

»Das hört sich so endgültig an«, sagte ich.

»Ach was«, sagte Lindholm, ohne sich umzudrehen, »machen Sie sich nicht in die Hose.«

Ich klappte meinen Mund auf und wieder zu.

»Seien Sie nicht immer so ein Schisser, Catterberg! Eine Beziehung ist nicht das Ende der Welt?«

»Ist sie nicht?«

»Ist sie nicht!«

Ich hüpfte mit Schröder die Stufen hinunter. Es war Sommer. Ich hatte Birkenstocksandalen und eine Beziehung. Ich hatte Mutter in einem Olivenbaum vergraben. Mein Leben fühlte sich seltsam leicht an. Was zum großen Teil an Mika lag. Ich hatte den verrückten Gedanken im Kopf, mit Mika in der Wohnung über dem Evvie's glücklich zu sein. Unspektakulär glücklich. Ohne Drama und solchen Kram.

Was total unwahrscheinlich war, aber in diesem Moment ließ mich dieser Gedanke lächeln.

Ich hüpfte auf die Straße, legte meinen Kopf in den Nacken und sah zu Lindholm hinauf. Tatsächlich stand er am Fenster. Er sah aus wie Jesus, der im Begriff war, seine Anhänger zu segnen. Ich winkte ihm zu, und er hob kurz die Hand.

Die Sonne schien mir ins Gesicht, und Schröder zog an der Leine, weil er endlich in das Lastenrad wollte. Auf dem Rückweg zum Evvie's würde ich mir ein Eis kaufen. Ein großes, im Becher, mit Sahne obendrauf.